J.-M. VIDAL

UNE SECTE DE SPIRITES À PAMIERS

EN 1320

Extrait des Annales de Saint-Louis-des-Français.
IIIe Année — IIIme Fascicule — Avril 1899.

ROME
IMPRIMERIE DE LA PAIX, PHILIPPE CUGGIANI
Place de la Pace, 35.
1899

J.-M. VIDAL

UNE SECTE DE SPIRITES À PAMIERS

EN 1320

Extrait des ANNALES DE SAINT-LOUIS-DES-FRANÇAIS.
IIIe Année — IIIme Fascicule — Avril 1899.

ROME
IMPRIMERIE DE LA PAIX, PHILIPPE CUGGIANI
Place de la Pace, 35.
1899

UNE SECTE DE SPIRITES A PAMIERS

EN 1320

Nous avons à dessein choisi ce mot de *spirites* pour désigner le groupe d'hérétiques que nous présentons au lecteur, afin d'établir un rapprochement entre ces gens du XIVe siècle et ceux de nos contemporains — lesquels, s'il faut en croire des personnes bien informées, sont plus nombreux qu'on ne le suppose — qui ont ou croient avoir un commerce habituel avec les morts.

Il faudrait, en vérité, ranger de préférence, les spirites de Pamiers de 1320, parmi les dévots aux revenants. Toutefois, comme leur chef, Arnaud Gélis sert aux autres d'entremetteur — disons le mot — de *medium*, ce groupe présente suffisamment de ressemblance avec les spirites modernes pour que nous puissions nous permettre de qualifier ses membres du même nom.

Leur existence, leurs faits et gestes nous sont connus, leurs erreurs nous sont décrites par le manuscrit 4030 (1) (fonds Lat.) de la Bibliothèque Vaticane, qui contient les procès que leur fit, en 1320, l'évêque de Pamiers, Jacques Fournier. Ce manuscrit tout entier renferme, du reste, le fruit de l'activité du futur Benoît XII ; c'est le registre de l'Inquisition Appaméenne devant laquelle ont défilé, de 1319 à 1325,

(1) Ms. Vat. Lat. 4030, in-fol., parch., XIVe s., 375 × 260, 325 f[os] ; reliure bois et peau ; au dos, le titre : *Processus contra hereticos Valdenses.* En réalité la majeure partie des accusés sont Cathares. Il y a quatre Vaudois sur une centaine d'accusés.

les survivants de l'hérésie albigeoise que n'avait pu étouffer entièrement un siècle de régime inquisitorial. — A côté de ces cathares dont les dépositions sont uniformes, paraissent quelques types originaux et intéressants, soit qu'ils aient été mêlés à des évènements d'un intérêt plus général, tels, le juif Baruc, victime des Pastoureaux (1) et Guillaume Agassa, lépreux compromis dans la conjuration de 1321 (2); soit qu'ils aient professé des doctrines curieuses et se soient livrés à des pratiques singulières: c'est le cas d'Arnaud Gélis Botheler et de ses cinq *croyants,* Arnaud de Monesple, bénéficier de l'église Saint-Antonin, Guillaumette, femme de Pierre Bathega, Mengarde, femme d'Arnaud de Pomiès, Raimonde fille de G. Fabre de Saint-Bauzeil, et Navarre femme de Pons Brun. Ces cinq derniers accusés sont tous de Pamiers; leur chef Gélis, est du Mas-Saint-Antonin, dans le voisinage de la même ville.

Après avoir dit à quelles pratiques ces gens-là se livraient, nous énumérerons les erreurs dissimulées derrière leurs actes et professées par l'hérésiarque, nous en indiquerons la source, nous dirons enfin ce qu'il faut penser de ces communications avec les esprits, d'après les principes de la théologie et de la raison.

I.

Arnaud Gélis Botheler comparaît devant le tribunal de Jacques Fournier, le 23 février 1320 (n. st.). Il est accusé d'avoir des relations avec les âmes des défunts, de les voir,

(1) J. M. Vidal. *L'Emeute des Pastoureaux; Lettres du Pape Jean XXII; Déposition du juif Baruc devant l'Inquisition de Pamiers.* (*Annales de S. Louis des Français.* Janvier 1899).

(2) Ms. 4030, f°s 145-148.

de leur parler, de recevoir d'elles des commissions pour leurs amis; de plus, de croire et de professer des doctrines entachées d'hérésie concernant l'état et la destinée des ces âmes (1). C'est sur cette prévention qu'il a à répondre.

Il résulte de ses aveux, qu'il avait fait son entrée dans le monde des revenants, huit ou neuf ans auparavant — en 1311 ou 1312, par conséquent — et que c'était son ancien maître, Hugues de Durfort chanoine de l'église cathédrale de Pamiers, alors décédé, qui l'y avait introduit (2); depuis lors, il n'avait point failli à ses hautes relations. Il paraît bien, en outre, que le privilège d'en avoir de telles n'était pas isolé dans sa famille, puisqu'une sienne cousine de Laforce, près de Fanjeaux (Aude), le possédait aussi et que lui-même avait reçu par elle des confidences de ses propres parents (3). Néanmoins on peut dire qu'il ne fut investi de cet enviable pouvoir que lorsque Hugues de Durfort déjà nommé, l'eut — ainsi qu'il le raconte à Mengarde Pomiès — «placé parmi les morts», *« posuerat eum cum mortuis »* (4).

Positivement, il semble, à l'entendre, qu'il avait sa place parmi eux, se plaisait en leur compagnie et possédait leur confiance. Nombreux sont ceux qui lui font l'honneur de se présenter à lui; plus nombreux encore ceux qu'il aperçoit simplement. En dehors de Hugues de Durfort, dont il continue à être par delà la tombe le serviteur dévoué, il communique avec plusieurs vénérables chanoines: Hugues de Ros (5), Athon d'Unzent (6), Pierre Durand (7),

(1) *Conf. A. Egid.*, f° 18 C.
(2) *Conf. A. Egid.*, f° 18 D; *Conf. Mengardis*, etc., f° 113 D.
(3) *Conf. A. Egid.*, f° 20 B.
(4) *Conf. Mengardis*, f° 113 D.
(5) *Conf. A. Egid.*, f° 19 A.
(6) *Ibid.*
(7) *Loc. cit.*

qui lui apparaissent de préférence dans le cloître du monastère, asile de leur vie et gardien de leurs restes, ou bien dans l'église même à laquelle il furent attachés (1). Il a aussi vu trois fois Bernard Saisset, ancien évêque de Pamiers, qui s'est montré à lui près du lieu de sa sépulture, revêtu de ses ornements pontificaux (2).

Il communique avec plusieurs laïques : Ponce Malet d'Ax, mort assassiné (3), Ponce Brun (4), Raimond Burges, qu'il a vu la nuit précédente dans la maison épiscopale (5), deux écuyers du pays de Dun (6), Guillaume Asnhac (7), Raimond Saisha, etc. ; il voit enfin plusieurs femmes : Barchinona, femme de Bernard Calmels (8), Barchinona, femme de Pons Fabre (9), Fabrisse Bathega (10), Plaisance, fille de Mengarde Pomiès (11), Fabrisse, mère de G. Fabre de Saint-Bauzeil (12), etc.

A toute heure du jour et de la nuit, en tout lieu : dans les églises, dans les rues, sur les routes, dans sa maison, aux champs, les revenants l'arrachent à ses occupations, à ses prières, à son repos (13). Il s'en va alors en leur compagnie, parcourt avec eux les chemins, les lieux

(1) *Ibid.* f°s 18 D, 19 A.
(2) *Ibid.*, 19 A.
(3) *Ibid.*, 19 B.
(4) *Ibid.*, 19 C.
(5) *Loc. cit.*
(6) *Loc. cit.*
(7) *Conf. Mengardis*, f° 13 B.
(8) *Conf. A. Egid*, 19 B.
(9) *Ibid.*, 19 C.
(10) *Conf. Guillerme Bathega*, f° 112ter A.
(11) *Conf. Mengardis*, 113 B.
(12) *Conf. Raimunde Fabri*, 114 D.
(13) *Conf. A. Egid.*, 19 D, 20 B ; *Conf. Arn. de Montenespulo*, 112bis B.

arides, pénètre avec eux dans les églises et dans les maisons (1). Ils causent ensemble; il leur donne des nouvelles de leurs parents encore vivants pour lesquels il se charge de leurs commissions, qui consistent généralement en des demandes de réparations posthumes, ou bien de secours pour leur propre soulagement: messes, aumônes, lampes à entretenir dans les églises; ce sont aussi de bons conseils, parfois des reproches à l'adresse des vivants. S'il néglige d'accomplir ces messages, les morts mécontents, le frappent durement (2).

Dans les entretiens confidentiels qu'il a avec eux, il est surtout question du grand problème qui préoccupe les vivants à l'endroit des morts: du sort qu'ils subissent dans l'autre vie, de leur état actuel et de leur destinée future. On verra quelles notions précises de théologie eschatologique il rapporte de ces conférences macabres.

Triste destinée des mortels favorisés des dieux! notre homme qui possédait sur l'au-delà des renseignements puisés aux meilleures sources, ne sut pas réserver pour lui sa science. Les morts, dans leur prudence, lui recommandaient, il est vrai, de garder le secret sur ses relations occultes (3); mais cette obligation de discrétion était difficilement conciliable avec les diverses missions dont il se chargeait auprès des vivants. En les remplissant, Gélis se trahit et livra son secret à des femmes. Il finit même par dogmatiser; ce qui devait rester caché, passa au grand public et dans Pamiers on ne parla bientôt plus que de « l'homme du Mas-Saint-Antonin qui allait avec les morts ».

(1) *Ibid.*, 112bis C.
(2) *Conf. A. Egid.*, 20 B; *Conf. Raimunde Fabri*, 115 B.
(3) *Conf. A. Egid.*, 20 C.

Beaucoup le crurent — on croyait alors les choses les plus invraisemblables — chacun voulut avoir des nouvelles des siens partis pour l'autre monde; plusieurs allèrent en prendre chez le favori des trépassés. Les quatre femmes dont nous publions l'interrogatoire furent sans doute les plus compromises et se virent appréhendées comme témoins et accusées.

Quant à Arnaud de Monesple, bénéficier de Saint Antonin, nous n'osons dire qu'il était de connivence avec Gélis pour l'acquit des messes qui faisaient l'objet des messages du nécromancien (1). L'adhésion de ce prêtre à la secte, se comprend moins que celle de femmes naïves et superstitieuses; supposé qu'elle ait été réelle, elle ne s'explique que par une ignorance profonde, ou une malice vraiment surprenante.

Le lecteur nous dispensera de parcourir avec lui en détail ces six interrogatoires, pour y recueillir des faits qui ne sont que l'application par le menu de la manière de procéder rapidement indiquée; il pourra se livrer lui-même à cette recherche très aisée. Nous avons hâte d'examiner la doctrine de nos spirites; c'est la partie la plus intéressante et la plus importante de leurs confessions (2).

II.

Arnaud Gélis a d'abord constaté à loisir que les âmes des morts ont une apparence humaine, tout comme vous

(1) *Conf. Dom. Arn. de Montenespulo,* 112bis B; *Conf. Raimunde Fabri,* 114 D.

(2) Le ms. 4030 ne nous donne pas la sentence qui fut prononcée contre ces six individus; il nous est donc impossible de connaître le sort qui leur fut fait.

et moi (1). Elles possèdent un corps doué d'un organisme et de membres semblables aux nôtres, avec « des yeux, des oreilles, un nez, une bouche » (2); elles ont en somme « la même figure et la même quantité » que lorsqu'elles étaient en chair et en os (3). Elles ont seulement gagné en beauté et en grâce (4). Chez elles, la distinction des âges persiste: les unes sont jeunes, les autres vieilles, ainsi que la mort les a laissées (5). Les jeunes sont pleines d'agilité et de force; les vieilles se traînent péniblement et sont à la merci de la tempête qui les ballotte comme des fétus de paille (6); elles tombent souvent de lassitude et leur faiblesse est si grande qu'elles sont incapables de se relever d'elles-mêmes et que leurs amis sont obligés de les remettre sur leurs jambes, sinon elles sont exposées à être piétinées par la foule des inconnus qui passent cyniquement sur elles sans prendre garde (7).

Les âmes vont avec plus ou moins de rapidité selon qu'elles furent bonnes ou mauvaises (8); les usuriers tiennent, paraît-il, le *record* de vitesse, ils vont « comme le vent » (9). — Certaines chevauchent sur des ombres de chevaux; d'autres, plus riches, voyagent en char. La mort même n'établit donc pas le nivellement des classes!

Elle ne supprime pas non plus pour ses victimes, les besoins ordinaires de la vie; elle laisse à chacune d'elles

(1) *Conf. A. Egid. Articuli hereticales*, f° 20 D.
(2) *Conf. Egid.*, 20 B., et alibi passim.
(3) *Conf. Egid.*, 18 D, 19 A, 20 A.
(4) *Conf. Mengardis*, 113 D.; *Conf. Raim. Fabri*, 115 B.
(5) *Conf. A. Egid.*, 20 A.
(6) *Ibid.* et *Conf. Mengardis*, 114 A.
(7) *Conf. A. Egid.*, 20 A, et *Conf. A. de Montenespulo* 112bis B.
(8) *Artic. heretic.*, 20 D, 20 A.
(9) *Conf. A. Egid.*, 20 A.

ses goûts et ses fantaisies. Les morts ont froid l'hiver et se chauffent de préférence dans les maisons non habitées, où ils allument de grands feux (1). Ils ont soif quand règne la chaleur, ils ne dédaignent pas le vin quand il est bon et vont se désaltérer à leur aise dans les chais isolés (2). Arnaud Gélis a été convié quelquefois à ces singulières libations (3). Enfin leurs courses les fatiguent, aussi le dimanche est-il jour chômé au delà comme en deçà de la tombe.

Il est inutile de dire que les règles de la plus stricte pudeur sont observées dans le royaume très moral des ombres. Les âmes sont donc vêtues; la plupart conservent le costume de leur toilette funèbre: l'une d'entre elles porte une chemise trouée (*sic*) dont l'avarice de ses parents l'avait sans doute affublée (4). Le plus souvent leurs vêtements sont de lin et de couleur blanche (5). Les religieux portent l'habit de leur ordre (6), les chanoines l'habit de chœur (7), l'évêque-revenant, les vêtements pontificaux (8).

Pensée consolante pour les vivants! les morts ne les oublient pas; ils sont souvent saisis par une sorte de nostalgie des lieux autrefois aimés et du désir de revoir les êtres qui leur furent chers. Ils reviennent la nuit embrasser leurs parents et, chose étrange! ce contact invisible possède une vertu soporifique très prononcée: les dormeurs touchés

(1) *Conf. A. Egid.*, *Art. hereticales,* 20 D.; *Conf. A. de Montenespulo,* 112bis C.
(2) *Locis cit.*, etc.
(3) *Conf. A. de Monten.*, 112bis C.; *Confess. Navarre,* 116 B.
(4) *Conf. Mengardis,* 113 B.
(5) *Conf. A. Egid.* 20 A.
(6) *Ibid.*
(7) *Ibid.*, 18 C.
(8) *Ibid.*, 19 A.

de la sorte sommeillent plus profondement (1). Les morts ne cachent pas leur préférence pour leurs jeunes neveux ou nièces qui ont conservé leur innocence baptismale; ils les embrassent et leur embrassement porte bonheur (2).

Certes, nous voila bien renseignés sur l'état et sur les habitudes des âmes séparées de leurs corps charnels. Apprenons maintenant quelles sont leurs occupations journalières et quel sort les attend.

Chacun sait ce qu'est le Purgatoire dans la doctrine catholique; il est intéressant de connaître ce qu'en pensent de leur côté des témoins soi-disant oculaires. Or il paraît qu'il consiste tout simplement dans des visites et des veilles faites par les âmes pécheresses aux diverses églises voisines de l'endroit où elles ont vécu et où repose leur corps (3).

Gélis qui n'a eu de relations qu'avec les morts de Pamiers, nous apprend qu'ils se bornent, en effet, à se rendre dans les sanctuaires des environs pour y passer la nuit. Ils vont ordinairement par groupes, les amis se joignant aux amis; ils s'avancent en se tenant par la main et en devisant pour rompre la monotonie de la route (4). Les malheureux condamnés à errer de la sorte, sont nombreux et compacts comme l'herbe du chemin qui ne plie même pas sous leurs pas, ou comme les feuilles des arbres qui ne frémissent pas à leur passage (5). De sorte que les mortels qui en suivant la même route gesticulent d'une façon désordonnée, ne font ni plus ni moins que bousculer et renverser les morts invisibles qui passent à côté d'eux (6).

(1) *Conf. Mengardis,* 114 B.
(2) *Conf. A. Egid.,* 20 B.
(3) *Ibid. Artic. heretic.* I°.
(4) *Conf. A. de Monten.* 112bis C.; *Conf. Mengardis,* 113. C.
(5) *Conf. Mengardis,* 113 C.
(6) *Ibid.,* 114 B.

Voici les églises rurales fréquentées de préférence par les appaméens après leur mort: Saint-Martin de Vilhac, Saint-Martin d'Oydes, Saint-Paul des Allemans, Saint-Blaise de Villeneuve (1), Saint-Pierre de Montaigut, Sainte-Marie de Vals, Saint-Pierre de Montfa (2), Saint-Simon, Saint-Saturnin du Vernet, Sainte-Marie de la Salvetat (3); et plus loin: Notre-Dame de Rocamadour, Saint-Gilles de Provence (4) et surtout Saint-Jacques de Compostelle, où tous doivent se rendre après leur mort, s'ils n'y sont allés de leur vivant (5). Il y a, du reste, avantage à se réserver; le voyage d'outre-tombe se fait en cinq jours (6).

Dans la ville et la banlieue de Pamiers, nos morts visitent les églises de Saint-Raymond, du Mas-Vieux, de Sainte-Natalène, de Saint-Jean, du Mercadal, du Camp et surtout de Saint-Antonin (7), qui est toujours le sanctuaire préféré et la dernière église où l'on se rend. Cependant, comme l'esprit paroissial ne meurt pas, chacun fréquente aussi l'église dont il fut le paroissien (8). Ces pérégrinations de revenants d'un sanctuaire à l'autre, durent toute la semaine; les morts se reposent depuis le samedi soir jusqu'au lundi matin et retournent pour cela à Saint-Antonin de Pamiers (9).

Voila en quoi consiste l'expiation pour la plupart. Quelques-uns passent cependant par les flammes du Pur-

(1) *Conf. Mengard.*, 119 D, 120 A.
(2) *Conf. Raim. Fabri*, 114 D.
(3) *Conf. Egid.*, 20 A.
(4) *Conf. Raim. Fabri*, 114 D.
(5) *Conf. Egid.*, 20 C; *Conf. R. Fabri*, 115 B.
(6) *Conf. Raim. Fabri, ibid.*
(7) *Conf. A. Egid.*, 19 D.
(8) *Ibid.*, 20 A.
(9) *Ibid.*, *loc. cit.*

gatoire (1) — tel le chanoine P. Durand (2) — mais ils sont rares et leur séjour y est de courte durée. D'autres expient leur défaut dominant ou leurs péchés d'habitude; ils sont pour cela accablés de peines particulières ou rongés par des remords cuisants. Une femme est condamnée à laisser ses bras nus pour les avoir couverts de soie pendant sa vie (3); une autre pour la même faute ressent de terribles brûlures (4). Barchinona Calmels avoue «qu'elle est surtout punie pour n'avoir pas ramené sa fille dans la maison de son mari», après leur rupture (5). Hugues de Durfort expie une injustice qu'il avait commise, sa vie durant, envers les clercs de la cathédrale de Pamiers (6); de plus, en punition de sa négligence à réciter l'office divin, il est condamné à dire, dans le trajet de Sainte-Marie de Vals à Saint-Antonin de Pamiers, toutes les heures qu'il a omises (7). Deux damoiseaux passent leur temps à monter à cheval, à se désarçonner l'un l'autre en se frappant sans cesse (8). Deux écuyers du pays de Dun, chevauchent sur de maigres haridelles; le matin leur corps paraît fendu jusqu'au nombril et ils souffrent horriblement; le soir la plaie se cicatrise (9).

Quant aux Juifs, il était naturel et la haine populaire exigeait, qu'on leur accordât une place à part. Aussi, apparaissent-ils à Gélis dans l'autre monde ainsi que dans

(1) *Conf. Meng.*, 113 C.
(2) *Conf. A. Egid.*, 19 B.
(3) *Ibid.*, 19 C.
(4) *Conf. Raim. Fabri*, 115 B.
(5) *Conf. A. Egid.*, 19 B.
(6) *Conf. A. de Montenesp.*, 112 bis C.
(7) *Conf. Raim. Fabri*, 115 B.
(8) *Conf. Mengardis*, 113 B.
(9) *Conf. A. Egid.*, 19 C.

celui-ci, comme exclus de la société des chrétiens ; ceux-ci se moquent d'eux en les appelant *chiens* (1). Ils parcourent aussi les chemins, mais en groupes séparés, et se distinguent des autres en ce qu'ils marchent à reculons, ou bien « courbés comme des porcs » (2), et en ce qu'ils répandent une mauvaise odeur (3). Ils n'entrent pas dans les églises, mais font leurs cérémonies dans des endroits spéciaux (4).

Les apostats qui ont vécu parmi les infidèles, reviennent errer après leur mort dans leur lieu d'origine où ils accomplissent leur expiation (5).

Ainsi, chaque mort est puni pour les fautes de sa vie passée et son châtiment paraît proportionné à leur nature et à leur gravité.

Un moyen de hâter cette expiation et d'atteindre plus vite à la délivrance, ce sont les secours de toute sorte que les fidèles peuvent procurer aux défunts et que ceux-ci réclament eux-mêmes par l'entremise de leur confident. C'est le Saint Sacrifice de la Messe qui leur cause le plus de plaisir et leur apporte le plus de soulagement (6), puis les aumônes faites aux pauvres à leur intention et les lampes qu'on fait brûler devant l'autel de Saint-Antonin ou dans d'autres sanctuaires. Ces lampes, outre qu'elles honorent Dieu et les saints, servent à éclairer les morts qui veillent dans les églises (7).

A l'approche du jour de la délivrance, les âmes souffrantes sont averties par des anges qui toujours les accom-

(1) *Conf. Mengardis*, 114 A.
(2) *Ibid., loc. cit.*
(3) *Conf. A. Egid.*, 20 B.
(4) *Conf. Mengard.*, 114 A.
(5) *Ibid., loc. cit.*
(6) *Conf. A. Egid*, 20 A.
(7) *Ibid.* et *Conf. Mengard.*, 114 B.

pagnent et semblent n'avoir d'autre mission que de leur annoncer l'heureuse nouvelle (1). Il y a aussi des démons qui sont au service de quelques-unes d'entre elles (2).

Quand le grand jour est arrivé — et c'est le plus souvent le jour de la fête des Morts (3) — les âmes privilégiées disparaissent et à partir de ce moment ne se montrent plus; à leur départ, leurs compagnes moins heureuses, se lamentent comme les vivants à la mort d'un des leurs (4). Quant aux âmes fortunées, elles se rendent dans le lieu du repos: « ad locum requiei » (5).

Ce lieu du repos n'est pas le ciel, car ce n'est qu'après le jugement dernier que Dieu les introduira dans le royaume céleste (6). Que faut-il donc entendre par « lieu de repos »? Les revenants qui ont fait à Gélis leurs confidences l'ignoraient comme nous; il paraît seulement que les hôtes de ce séjour y sont remplis de la grâce divine (7). Sa situation précise n'est point claire. Gélis dit, tantôt qu'il l'ignore (8), tantôt qu'il se trouve au centre de la terre (9), tantôt qu'il faut le confondre avec le Paradis terrestre (10). Nous ne le rechercherons pas autrement.

Toujours est-il que pour y entrer, il faut avoir été purifié de toute souillure, ou bien n'en avoir jamais eu. Les

(1) *Conf. Mengard.*, 113 D.
(2) *Ibid.*, 114 B.
(3) *Ibid.*, 113 D; *Conf. Raimunde Fabri,* 115 A; *Conf. Guill. Bathega,* 112ter A.
(4) *Conf. Mengard.*, 114 B.
(5) *Conf. A. Egid. Art. Heret.*, 2°, 20 D.
(6) *Ibid.*
(7) *Conf. Mengard.*, 113 C.
(8) *Conf. Egid.*, 20 A.
(9) *Ibid.*
(10) *Ibid.*, 20 D.

enfants baptisés, morts avant l'âge de sept ans, s'y rendent immédiatement (1); quant à ceux qui meurent sans baptême avant l'âge de raison, ils sont renfermés dans un lieu obscur, où ils ne souffrent ni ne jouissent (2).

Les habitants de l'un et de l'autre séjour y restent, jusqu'au jugement dernier; car nul, fût-il d'ailleurs très saint, n'entrera auparavant dans le royaume des cieux (3). Saint Jean-Baptiste lui-même n'a pas joui d'une exception à cette loi (4). De même, nul, fût-il infiniment pervers ne pénétrera en enfer avant le deuxième avènement du Christ (5): le séjour des ténèbres, depuis que le Sauveur en a tiré les âmes des justes de l'ancienne loi, n'est plus peuplé que par les démons (6).

Ajoutons, pour terminer cette étrange eschatologie, que les démons y resteront seuls pendant toute l'éternité; car nul homme même après le jugement dernier, n'y entrera. Point de damnés! (7) Est-il possible que Dieu perde ceux qu'il a faits à son image et à sa ressemblance et qu'il a rachetés du sang de son Fils? (8). Il suffit à l'homme d'avoir reçu le baptême pour être sauvé: le jugement ne servira qu'à faire éclater la miséricorde de Dieu, car le Christ aura pitié de tous les pécheurs (9) pour lesquels la Sainte Vierge et les Saints intercéderont (10). — Il y a plus, la pitié

(1) *Ibid.*, 19 D.
(2) *Conf. A. Egid.*, 19 D; *art. heret.*, n.° 4.
(3) *Art. heret.*, III°, et 19 C.
(4) *Ibid.*, 20 D.
(5) *Art. heret.*, V°.
(6) *Ibid.*, et *art.* IX°.
(7) *Conf. A. Egid.*, 19 A, B, 20 B, etc.
(8) *Art. heret.*, VI°, et 19 A, B.
(9) *Loc. cit.*, et 19 D.
(10) *Conf. A. Montenesp.*, 112bis C, etc.

du juge s'étendra jusqu'à ceux qui n'ont pas reçu le sacrement de régénération, ainsi il sauvera les enfants morts sans baptême (1), il admettra dans son ciel les hérétiques (2), les schismatiques, les païens qui s'empresseront de recourir à sa bonté (3). Et les Juifs? Eh bien! il les admettra aussi, sur l'intervention de Marie qui intercédera pour ceux de sa race (4) et ils seront sauvés.

Finalement tout le monde le sera.

III.

Toute la théologie de Gélis aboutit à ce dogme parfaitement rassurant. Il nous reste à dire à quelles sectes il a emprunté les diverses parties qui la composent, de plus, ce qu'il faut penser de ces relations avec les esprits.

L'ensemble de cette étrange doctrine procède à n'en pas douter de l'hérésie Cathare. — Depuis plus d'un siècle, cette secte avait exercé ses ravages dans le Midi de la France et dans le pays de Foix. L'Inquisition l'avait, il est vrai, affaiblie, en détruisant ses chefs, mais à la fin du XIIIe siècle, un groupe de *Bonshommes* revenus de Lombardie où ils avaient cherché un refuge pendant la persécution, reprirent, sous la conduite de Pierre Autier d'Ax, la prédication des anciennes doctrines et rallièrent les vieux croyants des pays de Foix et de Toulouse. Leur tentative

(1) *Art. heret.*, IV°.

(2) A. Gélis dit ailleurs que les âmes des hérétiques seront annihilées par Dieu dans l'autre monde. Etrange contradiction! (21 A, *Conf. Mengard.*, 113 D).

(3) *Art. heret.*, VII°.

(4) *Ibid.*, et *Conf. A. de Montenespulo*, 112bis C.

obtint un grand succès en peu de temps: les croyants nouveaux s'ajoutèrent en masse aux anciens, au point qu'en 1300 le pays toulousain et la vallée de l'Ariège se réveillèrent cathares. Il fallut toute l'énergie d'un Geoffroy d'Ablis, d'un Bernard Gui et d'un Jacques Fournier; il fallut tous les efforts des tribunaux d'inquisition de Toulouse, de Carcassonne et de Pamiers, pour combattre et dompter ce néo-catharisme.

Les dogmes de la secte étaient donc répandus dans le diocèse de Pamiers à l'époque ou Gélis commençait à dogmatiser. Ce qui en reste dans sa doctrine nous autorise à croire que son esprit avait été nourri de ces théories (1).

Signalons d'abord, sinon la négation, du moins l'altération du dogme catholique du Purgatoire. Il faut convenir que Gélis ne dit pas clairement sa façon de penser là dessus: tantôt il admet le Purgatoire tel que les catholiques l'admettent — puisque quelques-uns de ses morts y passent — tantôt, et le plus souvent, il affirme que les défunts ne font en fait de pénitence, que des visites aux églises.

Les néo-dualistes disaient que les âmes humaines étant, à cause de leur qualité de créatures du Dieu Bon, destinées à être toutes sauvées — quelle que fût leur malice — il était inutile qu'elles expiassent leurs fautes, simple effet elles aussi de la fatalité qui exclut tout acte volontaire. C'était là leur grand principe; la négation du Purgatoire en découle tout naturellement (2). Cependant nos cathares ariégeois moins absolus, admettaient généralement son existence;

(1) Il dit lui-même (*Conf. A. Egid.*, 20 B) qu'il a appris quelques unes de ses doctrines, dans des sermons : « in sermonibus ». Il ne peut être question évidemment de sermons orthodoxes.

(2) Schmidt, *Histoire et doctrine de la secte des Cathares*, II, pp. 48, 76.

en tout cas, ils s'abstenaient de la nier carrément (1). C'est le procédé de Gélis.

Les Vaudois eux aussi faisaient de l'absence de toute expiation d'outre-tombe un des dogmes de leur secte. Raimond de la Côte, diacre vaudois venu en 1318 du diocèse de Vienne dans celui de Pamiers, professait clairement cette doctrine que nous trouvons exprimée dans sa confession: « Purgatorium post mortem non est, sed solum Paradisus et Infernus » (2). Comme Raimond de la Côte s'était réfugié à Pamiers avec trois de ses adeptes, il se peut que Gélis lui ait emprunté à lui-aussi sa théorie de la non-existence du Purgatoire. C'est du reste l'hérésie Vaudoise ou des Pauvres de Lyon qu'il abjure à la fin de son procès (3), lequel se déroule et se termine en même temps que celui de Raimond de la Côte.

Quelle que soit sa pensée à l'endroit du Purgatoire catholique, il est certain que l'expiation des âmes telle qu'il l'entend, c'est-à-dire par des visites et des veilles dans les églises, lui est personnelle, je veux dire qu'il est le seul à l'exprimer de la sorte: car il était une croyance assez répandue à cette époque dans la vallée de l'Ariège, touchant la pénitence des défunts, qui présente quelques points de ressemblance avec celle de Gélis. Guillaume Fort de Montaillou, l'un des accusés de l'Inquisition de Pamiers, prétendait que les âmes étaient condamnées à errer à l'aventure à travers les lieux arides, les montagnes et les rochers, du haut desquels les démons les précipitaient sans cesse (4). On trouve cette même erreur dans la bouche d'au-

(1) Ms. 4030 (*passim*).
(2) Ms. 4030, f° 16 D.
(3) *Conf. A. Egid.*, 21 B.
(4) Ms. 4030, f° 91 B.

tres accusés du Savartès. Evidemment cette théorie et celle de Gélis, dérivent d'une source commune, sans doute d'un même enseignement hérétique, que tout individu possédant des préoccupations dogmatiques pouvait arranger et amplifier au gré de son imagination et de sa fantaisie. Il faut aussi faire la part dans ces divagations — ainsi que nous le dirons plus loin — de la superstition et de l'ignorance du vulgaire, qui à cette époque, croyait avec conviction aux revenants, aux fantômes et aux âmes errantes dont il peuplait les airs, les plaines, les montagnes, dont il croyait entendre les gémissements et les supplications.

La doctrine qui donne à ces âmes une forme, des membres, une attitude, des besoins corporels, est fille de cette autre erreur cathare qui attribuait à Dieu lui-même, aux esprits et partant aux âmes séparées, un corps spécial et des fonctions de la vie animale (1). Ce principe étant posé, Arnaud Gélis arrive aux conséquences logiques en prêtant à ses fantômes toutes sortes d'actes et de besoins matériels.

L'universalité du salut est encore une erreur néo-dualiste. Ceux que le Dieu bon a faits, quoi qu'ils se permettent durant leur vie, doivent par nécessité de nature, revenir à leur créateur (2). Ils expient s'il le faut leurs imperfections en passant d'un corps à un autre, « de tunique en tunique », jusqu'à ce qu'ils soient reçus dans la secte ca-

(1) Ms. 4030, *Confess. Petri Maurini, artic. heretic. 44*, f° 273 A. « Credebat quod... anima humana separata a corpore haberet *(sic)* et esset sicuti homo ». — *Confess. Johannis Maurini, artic. heretic. 40*, f° 223 C: « Et ad similitudinem et figuram sui corporis celestis fecit [Deus] Adam de terra, et eodem modo credebat de omnibus spiritibus qui remanserant in celo cum Patre... quia habebant corpora spiritualia et membra, carnes et ossa consimilia in figura corporibus humanis terrenis ». Cf. Schmidt, *Histoire et doctrine des Cathares*, II, p. 17.

(2) Schmidt, *Hist. et doctrine des Cathares*, II, pp. 29, 44.

thare (1) et alors l'hérétication leur donne droit au ciel. En pratique cependant, les derniers Albigeois excluaient du salut final certaines classes de pécheurs: les hérétiques, les apostats et surtout les juifs. Ils contentaient de la sorte le caprice du peuple hostile à ces sortes de gens. Gélis est plus large: il sauve tout le monde sans aucune réserve, ainsi, il revient sans s'en douter aux Catharisme absolu.

On peut enfin rattacher à cette secte, l'erreur qui consiste à admettre un état intermédiaire entre la fin de l'expiation et la possession définitive de Dieu. Cette croyance à un « locum requiei » différent du Royaume du Ciel paraît être une réminiscence du catharisme mitigé. (2). On pourrait aussi y voir une exagération de la doctrine alors soutenue par certaines écoles de théologie catholique, à savoir, que les âmes des justes ne doivent être admises à contempler l'essence même de Dieu qu'après le jugement dernier (3). On sait que la question de la vision béatifique

(1) *Conf. Pet. Maurini,* 273 A.

(2) Le Catharisme mitigé admet le jugement dernier, après lequel seulement, les justes, la Vierge Marie elle-même, les apôtres, qui ont du attendre dans les régions éthérées le retour du Christ, seront mis en possession de la récompense. (Schmidt. *Hist. des Cathares,* II, p. 76.)

(3) Voici cette opinion exposée par Jacques Fournier lui-même dans son livre: *De Statu animarum Sanctarum ante generale judicium.* Ms. 4006, Bibl. Vat., Fonds latin, f° 160.

« De prima enim questione aliqui dixerunt quod dicte anime sanctorum, licet post Domini ascensionem essent in celo in magna claritate et ibi essent in requie, quia de cetero non haberent mortis vel corporalis vel spiritualis, timorem, nec aliquam affectionem penalem de vel pro peccatis preteritis, nec ex aliqua alia causa, nec etiam timerent de cetero in peccatum quodcumque labi, tamen usque post generale iudicium, facialem divine essencie visionem et fruitionem in quibus Beatitudo plena consistit, non habebant nec habiture erant, sed interim stabant sub altare Dei in celo, etc. »

fut l'objet de controverses très vives à la fin du pontificat de Jean XXII; que ce Pape défendait et était prêt à définir l'opinion énoncée, mais que ce fut l'opinion contraire qui fut élevée par Benoît XII son successeur au rang de vérité révélée. Benoît XII n'étant encore que le Cardinal Jacques Fournier — notre ancien évêque de Pamiers lui-même — avait composé pour défendre la doctrine de la vision béatifique immédiate, un volumineux et solide traité encore inédit, *(Manuscr. Vatic. Lat. 4006)* qui paraît avoir décidé Jean XXII à s'abstenir de la définition qu'il méditait.

En dehors des motifs théologiques qui avaient fait sa conviction à cet égard, Benoît XII avait aussi été amené à défendre la vision béatifique immédiate, par les inconvénients graves que présentait l'opinion contraire. Qui sait si le souvenir des divagations des spirites de Pamiers n'a pas contribué à confirmer le Pape dans la vérité de son sentiment et à le convaincre de l'opportunité d'en faire l'objet d'une définition?

Telles sont les sources, directes ou éloignées, auxquelles croyons-nous notre hérétique appaméen a puisé ses théories. Disons maintenant en peu de mots ce qu'il faut penser de son rôle et jusqu'à quel point il faut croire a sa bonne foi.

Il est hors de doute que les relations qu'il prétend entretenir journellement avec les âmes des défunts, n'ont jamais existé. La théologie catholique enseigne qu'il n'est pas plus loisible aux défunts qu'aux vivants de franchir à leur gré l'abîme creusé par la mort et que Dieu se réserve exclusivement d'autoriser des rapports entre les habitants de l'autre monde et ceux du nôtre.

Et puis, les revenants de Gélis professent des doctrines par trop hétérodoxes pour qu'il ne faille pas voir dans leurs affirmations tout comme dans leurs manifestations, de pures fantasmagories.

Gélis était-il donc un imposteur? Il semble bien qu'il n'a pas cherché à exploiter son macabre privilége; il affirme, et ses croyants le constatent, qu'il n'exige pas de rémunération pour ses messages d'outre-tombe; il prend ce qu'on lui donne (1) et on lui donne fort peu de chose: quelques repas (2), quelques maigres fromages, des sommes insignifiantes (3). Ce n'était donc point un spéculateur.

C'était, je crois, un de ces esprits faibles, à l'imagination vive, au tempérament nerveux, qui sont le jouet, soit de l'esprit malin, soit surtout de leurs propres illusions.

Il se peut, en effet — et cette hypothèse est une explication théologique très-plausible — qu'ainsi qu'il arrive, semble-t-il, dans le spiritisme moderne, le diable lui-même soit intervenu aux lieu et place des personnes désirées, que ce soit lui qui ait parlé et agi, qui ait produit aux yeux de sa victime — de son *sujet* — des tableaux extraordinaires et extravagants. C'est l'explication admise par le tribunal de Pamiers, qui qualifie A. Gélis de « delusus per phantasmata diabolica » (4).

S'il en a été ainsi, l'acteur principal a dû laisser dans ses actes et dans ses paroles l'empreinte de son esprit. Or il est aisé de remarquer que la plupart des détails qui abondent dans les récits de nos six accusés, sont grossiers, ridicules, enfantins, dénués de sens commun, indignes d'un être raisonnable et bien équilibré, et qu'ils n'ont d'autre but que de troubler les esprits faibles et d'insinuer habilement

(1) *Conf. A. Egid.*, 20 C.
(2) *Conf. Mengardis*, 114 A.
(3) *Conf. Raimunde Fabri*, 115 A.
(4) *Conf. A. Egid.*, f° 18 C.

des doctrines malsaines: ce sont là les marques de l'esprit de ténèbres. Je me dispense de signaler au lecteur des exemples qu'il saisira lui-même en parcourant la série des aveux de nos spirites. Il sourira avec raison en lisant l'épisode ridicule des deux écuyers, dont le corps fendu le matin jusqu'au nombril, se trouve le soir parfaitement recousu (1).

Si Gélis n'a pas été le jouet de fantasmagories diaboliques — ce qui est difficile à vérifier — il a dû être la victime de ses propres illusions, résultant elles-mêmes d'un état pathologique et psychique assez complexe: Imagination naturellement portée aux divagations, peuplée de chimères et de fantômes; esprit singulièrement naïf et superstitieux, prêt à accepter, d'une part, les théories les plus ridicules et les plus invraisemblables — telles que les cathares savaient en répandre dans les masses — de l'autre, disposé à admettre, avec une confiance aveugle, le témoignage des sens — lors même que ceux-ci, incapables de percevoir la vérité par suite d'un vice de nature, ne transmettent aux facultés supérieures que des impressions subjectives et mensongères — enfin, âme troublée par ces fausses données, essentiellement mystique et portée au surnaturel quel qu'il soit, tel était Arnaud Gélis. Et notons que ces divers éléments, celui de superstition surtout, se trouvaient à l'époque que nous étudions, au fond de l'âme populaire, surtout de l'âme des peuples du Midi. Il résulte de l'étude que nous avons faite du Manuscrit de l'Inquisition de Pamiers (2), que les habitants du pays de Foix étaient aussi superstitieux qu'ignorants: les pratiques de la sorcellerie, des envoûtements, de la divination et d'autres sciences occultes

(1) *Ibid.*, 19 C.
(2) Ms. 4030, *passim*.

étaient fort en honneur parmi eux; ils avaient aussi, il est vrai, l'habitude des pratiques de dévotion, mais leur foi n'était ni ferme, ni éclairée.

Aussi était-elle à la merci du premier prêcheur d'hérésie venu. Gélis était un de ces hommes: ignorant, crédule, superstitieux par dessus tout, doué d'une imagination sans contre-poids, d'une sensibilité exagérée, probablement d'un organisme déséquilibré; son éducation cathare avait développé en lui les germes d'un mysticisme qui a dévié sur une pente regrettable. Finalement, son imagination favorisée par les autres facultés, s'est mise à créer de toutes pièces les fantômes dont elle ne pouvait plus se passer. A ces tableaux illusoires il a suffi de mettre un fond ayant une apparence théologique.

Pour acquérir la conviction qu'il n'y avait en tout cela rien qui ne procédât de principes naturels, et que la volonté et les tendances basses du cœur humain n'étaient pas exclues de cet ensemble d'éléments, il suffit de remarquer que les jalousies, les rancunes personnelles, les petits cancans de village, ont leur place dans la façon de procéder de Gélis. Cet homme paraît vouloir tirer vengeance de certaines gens et alors il leur attribue une fâcheuse situation dans l'autre monde, ou bien, s'il s'agit de vivants, il met à leur adresse, dans la bouche des morts, de vertes réprimandes. Ainsi l'archidiacre de Pamiers G. de Châteauneuf est menacé d'un terrible supplice: d'être aux prises, après sa mort, avec quatre gros chiens qui lui feront expier les injustices qu'il commet à l'égard de certains clercs (1). Hugues de Durfort subit un supplice spécial pour une faute semblable.

(1) *Conf. A. de Montenespulo,* 112bis C.

On peut voir encore une préoccupation tout à fait intéressée et de circonstance, dans cette apparition de Raimond de Burges qui se produit précisément la nuit qui précède l'interrogatoire de Gélis dans le palais épiscopal. Le revenant demande au prisonnier le motif de sa détention. Celui-ci l'explique et le mort s'empresse d'émettre le vœu que l'évêque inquisiteur s'abstienne de demander à son prévenu ce que celui-ci ne peut dire ; à ce souhait, Gélis répond avec une pointe de flatterie non dissimulée à l'adresse de son juge, « qu'il ne craint rien de l'évêque qui est un homme juste » (1).

L'humanité se trahit donc derrière ces détails. De fait, était-il possible que cet homme qui se disait aimé des esprits, ne profitât pas de l'autorité qu'il pouvait acquérir par là aux yeux du vulgaire, pour satisfaire ses petites rancunes et soutenir ses propres intérêts ?

Le rôle de Gélis est donc bien diminué après ce que nous venons de dire ! Il est vrai, mais n'est-ce point à un résultat pareil qu'on arrive, quand on pénètre jusqu'au fond de la plupart des faits soi-disant extraordinaires dont l'histoire intime des peuples du Moyen-âge est pour ainsi dire bâtie ?

Si de ces fantômes séculaires on essaye d'approcher une lumière, il ne sont déjà plus.

(1) *Conf. A. Egidii*, 19 C.

DOCUMENTS

I.

Confessio Arnaldi Egidii alias vocati Botheler de Manso Sancti Antonini Appamiensis heretici conversi.

[Ms. lat 4030. Vat. — FF 18 C-21 C]

Anno Domini M° CCC° XIX°, VII° Kal. mensis marcii (1), cum fuisset denunciatum reverendo in Christo patri domino Iacobo Dei gracia Appamiarum episcopo, quod Arnaldus Egidii alias vocatus *Botheler* de Manso Sancti Antonini, diceret se videre animas hominum defunctorum et se loqui cum eis et verba eorum amicis quondam eorum referre et sic delusus per fantasmata diabolica plures deluderet; et insuper quod dictus Arnaldus diceret et crederet et aliis ad credendum persuaseret quantum in eo erat, multa que continent hereticam pravitatem circa spiritus vel animas hominum et mulierum defunctorum, idem dominus episcopus volens super premissis inquirere veritatem cum eodem Arnaldo, assistente sibi [18 D] fratre Gualhardo de Pomeriis tenente locum domini inquisitoris Carcassone, cuius comissionis tenor inferius est insertus, fecit vocari ad se dictum Arnaldum Egidii, qui iuratus ad sancta Dei Euvangelia de veritate mere et pure et plene [dicenda], tam de se ut principalis, quam de aliis vivis et mortuis, ut testis, dixit et confessus fuit prout sequitur:

Primo, quod cum Hugo [de] Durfort (2) canonicus ecclesie quondam Appamiensis cuius ipse Arnaldus fuerat familiaris et servitor, decessisset octo vel novem anni sunt elapsi, quinta die post mortem eius, cum ipse Arnaldus esset in lecto suo, de nocte dormiens in domo sua quam habet in Manso predicto, dictus canonicus excitavit eum; qui excitatus vidit unum canonicum cum superpellicio, qui capucium habebat in capite. Et hoc vidit, ut

(1) Le 23 février 1320 (n. style).

(2) Durfort (Ariège), cant. du Fossat, arr. de Pamiers.

dixit, ad splendorem ignis qui sparsus erat in lari, quem tamen ignem, quando intraverat lectum cooperuerat. Et videns dictum canonicum timuit et interrogavit eum quis erat et quare dictam domum intraverat; qui respondit quod ipse erat Hugo Durfort. Cui cum dictus Arnaldus diceret quod mortuus erat et quod rogabat eum ne tangeret ipsum et quod recederet, dictus canonicus dixit ei quod non timeret de eo, quia nunquam ei faceret malum et quod in crastinum veniret ad eum in claustro Sancti Antonini, quia volebat secum ibi loqui; cui cum diceret quod nesciebat in quo loco posset eum reperire, cum iam mortuus esset, dictus Hugo dixit ei quod in predicto claustro reperiret eum. Quibus dictis, dictus Hugo recessit. Et ipse Arnaldus incrastinum veniens ad dictum claustrum, invenit dictum Hugonem defunctum stantem apodiatum (1) in ostio capituli ad capud (*sic*) tumbe sue indutum superpellicio et habebat capucium in capite et erat eiusdem figure et forme, ut ei visum fuit, quorum erat dum vivebat. Et ipse accedens ad eum, deposito capucio, salutavit dictum Hugonem et ipse resalutavit eum; et cum ei diceret dictus Arnaldus quod Deus daret ei Paradisum, dictus Hugo respondit quod Deus hoc faceret et quod in brevi credebat esse in Paradiso. Et tunc dictus Hugo dixit ei quod diceret Brunissendi sorori sue, uxoris (*sic*) Arnaldi de Calmellis de Appamiis, quod faceret celebrare duas missas vel tres pro anima eius et sic ipse iret in requiem. Et incontinenti hiis dictis, cum ipse recederet ab eo, dictus Hugo disparuit. Et ipse Arnaldus incontinenti ivit ad dictam Brunisendem et narravit ei predicta; et dicta Brunissendis fecit pro dicto Hugone celebrari dictas tres missas; et postea antequam dicte misse essent celebrate, ipse frequentabat dictum claustrum et vidit in predicto loco bis vel ter dictum Hugonem qui interrogabat eum si predicta dixerat sorori sue; qui respondit quod sic. Et postquam dicte misse celebrate fuerunt, dictus Arnaldus non vidit dictum Hugonem, quia ivit in requiem.

Item dixit quod circa eadem tempora, in predicto claustro, de die et vigilando, vidit animam Hugonis de Ros canonici dicte ecclesie, qui diu ante decesserat quam dictus Hugo de Durfort; et, ut dixit, vidit eum in parte claustri que se tenet cum ecclesia et erat indutus superpelliceo et habebat capucium in capite et erat eiusdem cantitatis (*sic*) et figure quorum erat dum viveret;

(1) Appuyé.

quem Hugonem ipse qui loquitur salutavit, ut dixit, et quesivit ab eo quomodo sibi erat; qui respondit quod bene et quod confitebat (*sic*) in Deo quod cito esset in loco requiei; non tamen dixit ei quod faceret vel quod diceret alicui quod rogaretur Deus pro anima eius; et eodem modo, ut dixit, eum vidit bis vel ter.

Item dixit quod quinque anni sunt elapsi vel circa, ut ei videtur, ipse Arnaldus egrediens de ecclesia S. Antonini et intrans claustrum predictum vidit animam Athonis de Unzento (1) canonici dicte ecclesie, in dicto claustro et in parte claustri que est versus ecclesiam, et erat indutus superpelliceo, et habebat capucium in capite, et erat cuiusdam forme et figure quorum erat dum vivebat. Qui Atho dixit ipsi Arnaldo: « *Es tu Enbotelher?* » qui respondit quod sic et intulit quod Deus ei daret Paradisum. Qui Atho respondit sibi quod in brevi et ipse et omnes qui mortui erant et omnes vos alii viventes habebimus ..... (2) Paradisum si Deo placet. Et dixit etiam ei quod anima nullius hominis dampnaretur usque ad diem iudicii, nec post etiam aliqua dampnaretur; quia Christus fecerat eos ad similitudinem suam et redemerat eos sanguine suo et quod non timerent, nec ipse nec alii, de dampnacione; et dixit ei quod oraret pro eo. Item dixit quod dictum Athonem vidit bis stantem ante gradus altaris maioris ecclesie Sancti Antonini; tamen non loquebatur cum eo, ut dixit, nisi dicta vice in claustro.

Item dixit quod IIII^or^ anni sunt elapsi vel circa, ipse venerat ad missam matutinalem in ecclesia S. Antonini et post missam ipse vidit stantem in loco ubi sepultus fuit, dictum (*sic*) (3) Bernardum (4) quondam episcopum Appamiarum, indutum vestibus sacris et habebat mitram in capite albam, que[m] cum ipse vidisset, flexit genua coram eo, dicens ei quod gratia Dei esset cum eo et quod Deus daret ei Paradisum. Cui dictus dominus episcopus respondit quod confidebat quod sibi et omnibus aliis daret Deus Paradisum et Filii (*sic*) Christus dabit Paradisum omnibus qui ipsum pecierunt. Et postea idem episcopus dixit ei quomodo erat Raimundo Vitalis quondam camerario suo et Petro Catalani quondam etiam eius camerario, dicens ei quod predicti pauperes erant et peccatum fecerat qui eos depauperaverat, cum fideliter servissent ei in vita sua. Dixit etiam ei quod male ei solverat de

(1) *Unzent* (Ariège), canton de Pamiers.
(2) Illisible.
(3) Corr. *Dominum*.
(4) Bernard Saisset, évêque de Pamiers (1295-1311).

servicio quod fecerat ei; dixit etiam ei quod diceret hominibus de Manso quod rogarent Deum pro eo, quia in brevi esset in requie. Dixit etiam quod duabus aliis vicibus vidit eum sedentem in gradibus altaris maioris ecclesie Sancti Antonini. Ipse tamen, ut dixit, nulli dixit quod oraret pro dicto domino Bernardo, sed ipse per se oravit pro anima eius.

Item dixit quod anno preterito, circa festum Sancti Iohannis Baptiste, ipse vidit post missam matutinalem, animam domini Durandi canonici appamiensis, in coro ecclesie Sancti Antonini; qui erat indutus superpelliceo et habebat capucium in capite. Que[m] cum dictus Petrus vidisset, dixit sibi: « *En Botheler*, bene veneritis ». Cui ipse respondit quod Deus daret ei graciam suam per quam iret ad Paradisum et omnibus aliis. Cui dictus Petrus respondit [19 B] quod Deus daret sibi et omnibus fidelibus christianis. Cui dictus Arnaldus dixit quomodo erat ei; et ipse respondit quod satis bene erat ei nunc, sed quod transiverat per malum locum. Et cum ipse interrogaret eum per quem locum, dictus Petrus respondit quod per ignem Purgatorii transiverat, qui quidam (*sic*) ignis malus et asper erat et, ut dixit, solum transiverat per dictum ignem et dixit etiam ei quod rogaret pro eo. Item dixit quod alia vice vidit eum in claustro et dixit ei quod Deus retribueret domino appamiensi episcopo qui nunc est, de honore quem ei fecerat et quem fieri fecerat. — Item dixit quod alia vice vidit eum in claustro predicto et postea non vidit eum, quia credit eum esse in requie.

Item dixit quod omnes predicti dixerunt ei quod non oportebat aliquem timere de dampnatione eterna, quia solum quod homo esset fidelis christianus et esset confessus et penitens, non dampnaretur, cum Christus omnes fecerit ad suam ymaginem et similitudinem et pro eis dederit suum corpus et sanguinem.

Item dixit quod vidit animam Barchinone, matris Arnaldi de Calmellis de Appamiis, in capitulo Sancti Antonini, quinta die post nativitatem Domini anni presentis; que dixit ei quod iret ad Barchinonam filiam suam, uxorem Guillermi de Lobenchis (1), et diceret ei quod de nulla culpa sensiebat se ita gravatam, sicut quia non reduxerat dictam filiam suam ad domum mariti sui predicti et rogabat eam quod procuraret cum fratribus suis, vel cum religiosis, quod ad domum dicti viri sui rediret. Et cum ipse

(1) *Loubens* (Ariège), cant. de Varilhes, arr. de Pamiers.

Arnaldus predicta dixisset predicte Barchinone, ipsa respondit quod ipsa (*sic*) interrogaret predictam matrem suam, quare ipsa non reduxerat eam dum vivebat ad domum mariti sui predicti. Et cum post aliquos dies ipse loquens esset in capitulo predicto, videns ipsam Barchinonam defunctam, dixit ei ex parte dicte Barchinone filie sue quare ipsa non reduxerat eam ad domum dicti viri sui dum vivebat, cum ipsa hoc facere potuisset. Cui dicta mortua respondit quia multum placebat ei servicium quod dicta filia sua ei impendebat dum vivebat; propter hoc non procuraverat quod ad domum dicti mariti sui reverteretur. Dixit etiam ei quod diceret dicte Barchinone filie sue, quod daret comedere tribus pauperibus, una die, pro eius anima; et si timebat hoc facere in domo dicti Arnaldi de Camellis, acciperet panem et portaret ad domum Philippe uxoris magistri Iacobi Camela et ibi daret dictis pauperibus comedere, accipiendo vinum et alia necessaria de domo dicte Philippe. Et ipse loquens fecit sicut ei fuerat preceptum, predicta indicans predicte Barchinone. Et postea, ut dixit, non vidit dictam Barchinonam defunctam, quia ivit ad requiem, ut credit.

Item dixit quod duo menses sunt, quod post prandium vidit circa locum ubi interfectus fuit, Poncium Maleti de Ax (1), qui, ut dixit ei, veniebat de Ecclesia de Mercatali et de Campo Appamiarum et habebat totam faciem lutosam; et dixit ei quod Deus daret in corde domini episcopi Appamiarum quominus (?) filium eius relaxaret, ut posset reverti ad locum suum et quod ibi melius faceret quam usque tunc fecisset [19 C]. Et cum ei ipse loquens diceret quod magnam gratiam ei Deus fecisset si antequam interfectus fuisset esset confessus, dictus Poncius respondit quod confessus fuerat non erat diu antequam interficeretur.

Item dixit quod vidit Barchinonam uxorem quondam Poncii Fabri, in barreria iuxta ecclesiam Sancti Antonini, que, ut dicebat, veniebat de Ecclesia Sancti Pauli de Alammanis (2) et habebat brachia discooperta usque versus cubitum que dixit ei: « *En Botheller*, melius fuisset quod ceritum (3) quo ornabantur brachia mea non fuisset adhuc in opere ». Et ipse respondit quod bene videbatur quia male ibat parata in brachiis; et tunc ipsa dixit ei

(1) *Ax*, chef-lieu de canton (Ariège), arr. de Foix.

(2) *Les Allemans* (Ariège), canton de Pamiers.

(3) Pour *sericum*.

quod iret ad Brunam de Scocia (1) matrem eius et diceret ei quod faceret removere ceritum de camisiis et aliis vestibus eius; quod tamen, ut dixit, non fecit.

Item dixit quod vidit animam Poncii Bruni de Appamiis, hoc anno circa vindemias, in loco vocato *Labarriera* (2) cum multis aliis animabus usque ad centum; et ut dixit veniebant de ecclesia Sancti Martini de Vilhaco (3). Qui Poncius dixit ei quod diceret uxori sue quondam, quod poneret unam libram olei in lampade Beate Marie de Mercatali et aliam in ecclesia de Campo et aliam in lampade communi Sancti Antonini et quod daret tribus pauperibus comedere una die et faceret celebrare unam missam pro anima eius, quia factis predictis, ipsa iret ad requiem. — Item dixit quod vidit animam Michaelis Vasconis de Manso Sancti Antonini, qui multum, ut dixit, compatitur pueris suis.

Item dixit quod, nocte preterita, vidit animam Raimundi Burges de Manso Sancti Antonini, qui dixit ei quare erat in domo episcopali; et ipse respondit quod dominus episcopus fecerat eum ad se venire pro ipso et aliis defunctis. Cui ipse respondit quod Deus daret in corde dicti domini episcopi quod non faceret ei violenciam et quod non quereret ab eo illa que petenda non essent; et ipse loquens dixit quod non timebat, quia dominus episcopus iustus homo erat; et ita recessit ab eo.

Item dixit quod tres anni sunt elapsi, ipse vidit frequenter duos scutiferos defunctos qui erant de Dunesio (4) et equitabant in duobus roncinis valde macillentis et de mane dicti duo scutiferi videbantur fissi (*sic*) usque ad umbilicum et de sero dicta plagua erat consolidata; et dum dicta plagua erat sic aperta paciebantur magnum tormentum et cum dicta plagua erat consolidata, non paciebantur et, ut dixit, sic fissos usque ab umbilicum vidit eos usque quarter in loco vocato *Labarriera* et in via de Alammanis.

Item dixit quod ipse credit et credidit, a tempore indulgencie magne (5) citra, quod omnes homines formati et facti ad similitudinem Dei et baptizati sancto baptismate salvabuntur. — Item dixit quod a tempore quod ipse se recognovit hucusque, credit et

(1) *Escosse* (Ariège), cant. de Pamiers.
(2) *La Barrière,* localité dans les environs de Pamiers.
(3) *Vilhac* (Ariège), cant. de Lavelanet, arr. de Foix.
(4) Pays de *Dun,* (Ariège) cant. de Mirepoix, arr. de Pamiers.
(5) Premier jubilé promulgé par Boniface VIII en 1300.

credidit quod nulla anima hominis intrabit infernum usque ad diem iudicii. — Item dixit se credere quod nullus ingreditur regnum celorum nisi sit multum sanctus, usque in diem iudicii; sed vadunt, peracta penitentia, ad sanctam requiem, anime defunctorum. Et, ut dixit, ipse credit quod nulla anima alicuius hominis qui receperit sacramentum Baptismi dampnabitur; sed Christus in [19 D] iudicio, sua pietate et misericordia, omnes Christianos, quantumcumque fuerint mali, salvabit. Et dixit quod predicta viderit (*sic*) a predicto Athone de Unzento et ante hec predicta credebat et postea firmius credidit.

Postque anno quo supra, post festum Beati Mathie (1), dictus Arnaldus constitutus in iudicio coram dicto domino episcopo in camera domus episcopalis appamiensis, dixit quod hoc anno ante vindemias, ipse vidit Poncium Bruni de Appamiis quondam in loco vocato *Labarriera*, cum multis aliis defunctis, qui cum dixisset ei illa que superius deposuit, ipse loquens interrogavit eum unde veniebant; qui respondit quod de ecclesia S. Martini de Rippis et cum ipse diceret ei quod diu erat quod non fuerat in Appamiis, ipse respondit quod immo in domo Thomae Ysarni de Calciata fuerant non erat diu, et quod bene oportebat quod dictus Thomas non extraheret vinum de quodam dolio suo quod habebat in dicta domo, quia si extrahere voluisset, dolium predictum vacuum invenisset. Ipse tamen, ut dixit, non dixit hoc dicto Thome. — Item dixit quod eodem die et hora iuxta domum leprosorum, ipse vidit magistrum Johannem Martini fisicum quondam de Appamiis, indutum de panno lineo et habebat pileum in capite et portabat capucium ad scapulas, qui nichil sibi dixit. Item dixit quod annus est cum dimidio, ipse erat in via superiori qua itur versus Fuxum de Appamiis et loquebatur cum Guillermo de Asnhaco (2) quondam de Appamiis, qui iam erat defunctus, interrogando eum qualiter erat sibi; et cum sic loquerentur, supervenit uxor dicti Guillermi quondam, que etiam defuncta erat. Cui ipse loquens dixit quid faciebant nepotes eius, tres filie filii sui, que in infancia mortue fuerant, quia, ut dixit, Ramundus de Asnhaco filius eius hoc scire volebat. Cui dicta Guillerma respondit quod non viderat dictas nepotes suas postquam fuerunt earum corpora tradita sepulture,

(1) Mardi 25 février 1320 (n. style).

(2) Asnhac, ou *Arignac,* (Ariège) cant. de Tarascon, arr. de Foix.

que incontinenti iverant ad requiem. Et sic fit ut dixit, de omnibus pueris baptizatis quando imfra (*sic*) septimum annum moriuntur. Et cum ipse loquens interrogaret eam quid fit de pueris non baptizatis, illa respondit quod vadunt ad quendam locum obscurum in quo non paciuntur malum nec habent bonum et ibi stabunt usque ad iudicium. Et ex tunc ipse hoc credidit, et quod post iudicium, credit et credidit ipse loquens a tempore illo quo audivit predicari verbum Dei in ecclesia, quod omnes dicti pueri non baptizati et generaliter omnes creature rationabiles, propter magnam misericordiam Ihesu Christi, salvabuntur ita quod nullus peribit. — Item dixit quod ipse a septem annis citra, frequenter vidit et in diversis locis multas animas defunctorum et hoc vigilando et de die, dicens quod dicte anime ingrediuntur in ecclesiis et vigilant in eis stando per totam noctem et postea de mane egredientes de ecclesiis in quibus vigilaverunt, maxime quando est pulchrum tempus, vadunt et discurrunt per vias et vadunt ad alias ecclesias in quibus sequenti nocte habent vigilare. — Ecclesie autem ad quas vadunt isti qui sunt et fuerunt de Appamiis et locis circumvicinis, sunt videlicet: S. Antonini, de Campo, de Mercatali, S. Iohannis et S. Natalene, de Manso Veteri (1) Sancti Raimundi (2), Sancti Saturnini de Verneto (3) Sancti Martini de Oleriis (4), Sancti Martini de Vilhaco, [20 A] Sancti Pauli de Alammanis, Sancti Blasii de Villanova (5); et ecclesie remociores ad quas vadunt, sunt Sancte Marie de Salvetate (6) et Sancti Petri de Podio Agone, diocesis Rivensis; dixit autem quod iste anime de Appamiis et locis vicinis, diebus sabatinis, communiter vigilant in ecclesia Sancti Antonini. Et, ut dicit, audivit multos de dictis mortuis dicentes quod multum penitebat eos quia eorum corpora non fuerunt sepulta in cimiterio ecclesie Sancti Antonini. Dixit etiam quod quilibet defunctus magis frequentat ecclesiam cuius sit parochianus et in cuius cimiterio requiescit, quam alias ecclesias. — Item dixit quod dicti mortui vadunt induti vestibus lineis albis,

(1) *Mas-Vieux,* actuellement Cailloup, sur la rive gauche de l'Ariège.

(2) *S. Raymond,* actuellement ferme de S. Raymond sur la rive gauche de l'Ariège.

(3) *Le Vernet,* (Ariège) cant. de Saverdun, arr. de Pamiers.

(4) *S. Martin d'Oydes,* (probablement) cant. de Pamiers.

(5) *Villeneuve du-Paréage,* cant. de Pamiers.

(6) *La Salvetat,* (Haute-Garonne) cant. de Léguevin, arr. de Toulouse.

exceptis religiosis qui portant habitum sue religionis quem portabant viventes; non religiosi autem habent caput discoopertum. Item dixit quod dicti defuncti sunt eiusdem quantitatis, figure et forme quorum erant dum vivebant. — Item dixit quod dicti defuncti faciunt penitentiam eundo ad diversas ecclesias ut supradictum fuit, quorum aliqui vadunt cicius, aliqui tardius, ita quod illi qui sunt in maiori penitentia cicius vadunt; in tantum quod illi qui fuerunt usurarii, currunt ita velociter sicut ventus, illi vero qui minorem penitentiam sustinent, incedunt lente. Et de nullo, ut dixit, audivit quod aliam penam paterentur nisi dictum motum, excepto dicto domino Petro Durandi qui transiverat per Purgatorii ignem. — Et, ut dixit, quando dimittunt ita visitare ecclesias, tunc vadunt ad locum requiei, in qua requie, ut dixit, stant et stabunt usque ad diem iudicii, ut dicti mortui ei dixerunt. Et ita dixit se credere ipse loquens et credidisse postquam ei hoc dixerunt predicti defuncti; tamen ut dixit, ipse nescit nec dici audivit a dictis defunctis qualis est et ubi ille locus requiei; credit tamen quod sit in terra; post iudicium vero Deus vocabit eos ad regnum celeste. — Item dixit quod iuvenes et robusti mortui laborant in eundo, alii vero qui mortui fuerunt senes, magis laborant eundo et interdum cespitantes (1) cadunt in terra, nec possunt se levare nisi iuventur per alios amicos suos et qui eos cognoscunt, alii vero qui eos non cognoscunt transeunt super eos, nec habent curam quod eos iuvent.

Item dixit quod dictis defunctis inter cetera placet quando per amicos suos procurantur misse celebrari pro ipsis et quando ponitur oleum in lampadibus ecclesie cuius parochiani fuerunt, quia hoc placet Deo et ipsi etiam defuncti melius vident ire. Displicet autem eis quando non solvuntur legata per eos facta et magis vellent legasse x solidos et quod solverentur incontinenti, quam centum, quorum solucio differtur. Dixit etiam quod mortui, prout audivit ab aliquibus ex eis, vellent quod omnes homines et mulieres viventes essent mortui; dicunt tamen et dixerunt eidem quod viventes debent sibi prorogare vitam quantum possunt et se confortare in illam. Tamen racionem quare hoc fieri debeat [non] audivit ab eis. — Item dixit quod audivit a multis mulieribus defunctis quod interdum venerant ad videndum nepotes et neptes parvulos baptizatos et quod multum delectabantur videre illos;

(1) Trébuchant, (du verbe *cespitare*). Du Cange, *Glossaire.*

ipse tamen loquens vidit, ut dixit, quod Ramunda socrus quondam sua venit, tres vel IIII^{or} anni sunt, ad videndum [20 B] Ramundum filium ipsius loquentis, qui est modo etatis sex vel septem annorum et osculatam (*sic*) fuit eam (*sic*) et amplexata, in cuius dicendo : « Deus det tibi probitatem et graciam suam » ; quo facto et dicto, statim disparuit.

Item dixit quod vidit frequenter iudeos mortuos, quorum aliqui ibant retrocedendo, alii ante se sicut alii defuncti ; non tamen vidit eos intrantes ecclesias, sed euntes per vias, non tamen simul cum christianis sed per seipsos ; nec scit, ut dixit, si vadunt ad locum requiei. Interrogatus qualiter potuit discernere judeos a christianis, dixit quod pro eo quia fetent et divertunt ab aliis. — Item dixit quod aliqui mortui interdum preceperunt sibi quod nunciaret aliqua amicis suis et quando ipse non obedivit eis, male tractaverunt eum in corpore et specialiter percussendo (*sic*) eum de bursa, ita quod eorum percussio est valde dura ; et ut dixit, sic percussit eum Poncius Bruni, iuxta domum leprosorum. Item dixit quod communiter videt dictos mortuos et loquitur eis de mane post missam. — Item dixit quod ipse habuit unam consanguineam secundam vocatam Ramundam, filiam Poncii Hugonis de Forcia (1) prope Fanum Iovem que, ut frequenter dixit ipsi loquenti, videbat homines et mulieres mortuos et loquebatur eis. Et interdum erat absens in domo patris sui tres et quatuor dies eundo, ut dicebat, cum mortuis et quando revertebatur ad dictam domum, ut ipse loquens vidit, erat tota afflicta et atrita ; que quidem Ramunda narravit ipsi loquenti quod viderat Rossam matrem ipsius loquentis mortuam et dixerat sibi quod dum statim post mortem esset lota et haberet savenam (2) bonam in capite, fuit sibi amota et una vilis loco eius posita et rogabat ipsum loquentem quod mitteret sibi unam savenam bonam ; narravit etiam sibi quod viderat patrem ipsius loquentis, Ramundum Egidii nomine, mortuum et dixerat sibi quod erat obligatus dum vivebat in tribus carteriis (3) bladi et quod rogabat ipsum loquentem quod restitueret dictas tres carterias bladi. Ipse autem loquens adhibens

(1) *Laforce* (Aude), cant. de Fanjeaux, arr. de Castelnaudary.

(2) *Savena, sabana* ou *sabanum,* sorte de linge. Cf. Ducange, *Glossaire,* au mot *Sabanum.*

(3) *Carteria* ou *quarteria,* mensurae frumentariae species. Ducange, *Glossaire* ; *Quarteria,* 2.

fidem dicte consanguinee in predictis, dedit pro Deo cuidam paupere mulieri unam bonam savenam et distribuit, amore Dei, tres carterias bladi.

Item, interrogatus ex quo non credit quod anime aliquorum hominum dampnentur finaliter, de quo nunc servit infernus; respondit quod in inferno sunt demones et postquam Christus inde extraxit inde animas sanctorum, nulla anima hominis ingressa fuit in infernum, nec etiam in posterum ingredietur, sed soli demones cruciabuntur in inferno, quia ut dixit, credit quod nullus homo habens fidem christianam et sanctum baptismum unquam dampnabitur. Dixit etiam quod iudei, sarraceni, heretici, solum quod implorent misericordiam Dei, Deus miserebitur eis et dabit eis Paradisum.

Et cum interrogaretur quis predicta docuerat eum, dixit quod ita audivit in sermonibus et ita credit ipse propter Dei magnam misericordiam. Item dixit quod propter hoc quia sic vidit, ut deposuit, animas hominum et mulierum defunctorum corporeas habentes membra sua omnia sicut habebant dum viverent, credit quod anime omnium hominum et mulierum et dum sunt in corpore et postquam exunte (*sic*) sunt corporibus, habent omnia membra, ut oculos, aures, nares, et omnia alia membra similia membris illorum corporum in quibus vivunt nunc et [20 C] vixerunt et hoc credidit toto tempore sue memorie.

Postque anno quo supra, die mercurii sequenti (1), constitutus dictus Arnaldus coram dicto domino episcopo in camera episcopali Appamiarum, assistente sibi dicto fratre Gualhardo de Pomeriis, idem Arnaldus, lectis sibi et expositis singulariter et sigillatim omnibus et singulis a se superius dictis, depositis et confessatis, confessus fuit omnia sic vera fuisse et se credidisse ut in ipsis depositionibus continetur, in presentia venerabilis et discreti viri domini Petri de Viridario, archidiaconi Maioricensis et fratris Aicredi de ordine Predicatorum conventus Appamiensis et Guillermi Petri Barte notarii eiusdem domini episcopi, qui predicta omnia de mandato ipsius domini episcopi scripsit. — Item dixit quod predictus Guillermus de Asnaco quando vidit eum ut supra dictum est, inter alia dixit ei quod anime omnium illorum

(1) Mercredi 26 février 1320 (n. style).

qui non fuerunt dum vivebant apud Sanctum Iacobum de Galicia (1), post mortem vadunt illuc.

Item dixit quod annus est elapsus in loco vocato *a Labarreria* vidit cum multis aliis, Ramundum Saysha quondam defunctum, qui veniebant, ut ei videtur, de ecclesia S. Martini de Vilhaco; qui Ramundus dixit ei quod poneret unam libram olei in lampade B. Marie de Mercatali et faceret celebrari unam missam pro anima eius et ipse ad dictum mandatum dicti Ramundi predicta dixit uxori dicti Ramundi; et ut dixit, fecit ut ei dictum fuerat.

Item dixit quod Hugo de Duroforti, Guillermus de Asnhaco, Ramundus Saysha predicti dixerunt ei quando ei apparuerunt quod nulli revelaret ipse quod anime defunctorum ei apparerent. Dixerunt etiam ei quod diceret illis quibus aliqua ipsi mandabant per eum, quod nulli persone predicta revelarent, sed quod facerent illa secrete que ipsi mandabant eis per ipsum Arnaldum. — Item dixit quod nichil accipiebat ab illis personis quibus ex parte mortuorum aliqua nunciabant (*sic*), nisi quod interdum persone predicte quibus nunciabat, motu suo proprio dederunt sibi amore Dei, aliquociens unum panem, aliquociens unum turonensem; mortui tamen nunquam sibi aliquid propter hoc dederunt, ut dixit. — Item dixit quod mortui libenter veniunt ad loca munda et intrant domos mundas et nolunt venire ad loca sordida, nec intrare domos immundas.

Postque anno quo supra, die veneris sequenti (2) constitutus dictus Arnaldus in camera episcopali Appamiarum predicta, coram domino episcopo et fratre Gualhardo predictis, fuerunt eidem Arnaldo ostensi et lecti, de verbo ad verbum, articuli super quibus ipse erat super (?) dictum dominum episcopum, ut patet ex confessatis superius per eum et per testes receptos contra eum, quorum posiciones inferius sunt posite; quorum articulorum tenor talis est:

[*Articuli hæreticales*].

Isti sunt errores contra fidem catholicam circa spiritus hominum et mulierum defunctorum quos confessus est sponte et pluries in iudicio, coram dicto domino episcopo Appam. et fratre Gualhardo

(1) Saint Jacques de Compostelle.
(2) Vendredi 28 février 1320 (n. style).

de Pomeriis tenente locum inquisitoris Carcassone, Arnaldus Egidius, alias vocatus *Botheler*, de Manso sancti Antonini et dixit se credere eos et credidisse quasi a toto tempore sue memorie et predictos articulos se docmatisasse:

Primo dixit quod in alio seculo anime defunctorum non faciunt aliam penitenciam nisi quod vadunt de ecclesia ad ecclesiam et per itinera, aliqui citius, aliqui tardius, secundum quod plus vel [20 D] minus sunt peccatores quando moriuntur, excepto quod dixit quod unus de defunctis dixit ei quod transiverat per purgatorii ignem et fuerat in dicto igne quasi in quodam transitu. Et dixit quod cognata sua hoc dixit ei in domo sua de Fortia.

Secundo, dixit quod postquam sic cessant ire spiritus defunctorum per ecclesias vel vias, vadunt ad requiem, dicens quod locus dicte requiei est in terram, quo anime defunctorum post peractam penitentiam stant usque ad diem iudicii. Tamen, ut dixit, nescit conditionem dicte requiei nec locum eiusdem requiei. Et hoc dixit ei Atho de Unzento iam mortuus et hoc ipse dixit Brune uxori Raimundi Saisha.

Tertio dixit quod nullius hominis spiritus, nisi fuerit multum sanctus, intravit vel intrabit celum usque post iudicium. Et hoc dixit, ut sibi videtur Poncius Bruni iam existens mortuus; et hoc ipse dixit dicte Brune.

Quarto dixit quod anime puerorum decedentium ante baptismum ponuntur in quodam loco obscuro usque ad iudicium, in quo loco nullam penam paciuntur nec bonum habent; sed in iudicio Christus miserebitur eis et introducet in Paradisum et hoc dixit ei, ut dixit, Bernarda uxor Guillermi Asnhac iam defuncta.

Quinto dixit quod nulla anima alicuius defuncti, quantumcumque perversi, ingressa fuit vel ingredietur infernum usque ad diem iudicii — et hoc dixit sibi Poncius Bruni iam defunctus — nec intratura est infernum unquam ex tunc ex quo Dominus infernum spoliavit. Et hoc sibi dixit Guillermus de Asnhac iam defunctus.

Sexto dixit quod Dominus in iudicio miserebitur animabus omnium illorum qui fidem Christi tenuerunt et eius sacramenta susceperunt, ita quod nullus eorum dampnabitur, quantumcumque fuerit antea perversus; et hoc dixit ei Petrus Durandus iam mortuus.

Septimo dixit quod Dominus in iudicio miserebitur animabus omnium hereticorum, iudeorum, paganorum, ita quod nullus eorum dampnabitur finaliter. Et hoc dixit ei Barchinona uxor Poncii Fabri iam defuncta.

Octavo dixit quod anime humane et dum sunt in corpore et quando sunt exute a corporibus, habent propria corpora sibi unita consimilia corporibus exterioribus earum; que quidem corpora sic animabus unita, habent membra distincta sicut et corpora exteriora habent: ut manus, oculos, pedes et cetera membra. Et ipse hoc per se adinvenit, ut dixit.

Nono dixit quod infernus solum est locus demonum, ita quod pro nunc nec usque ad iudicium, nec etiam post, aliquis erit in inferno, nisi demones solum.

Item dixit quod licet spiritus defunctorum non comedant, tamen bibunt de bono vino et se calefaciunt ad ignem quando inveniunt in domibus in quibus sunt multa ligna. Dixit tamen quod vinum in nullo diminuitur propter quod dicti mortui bibunt de ipso.

Item invenitur per testes aliquos quod ipse dixerit quod locus dicte requiei quod dixit esse in terra, est Paradisus terrestris. — Item invenitur per aliquos testes dixisse quod anime hereticorum in alio seculo omnino per Deum adnichilabuntur.

Item invenitur per aliquos testes dixisse quod nullus spiritus hominis, etiam S^ti^ Iohannis Baptiste, ingredietur regnum celeste usque ad diem iudicii.

Item dixit quod anime iudeorum, peracta penitencia [21 A], vadunt ad requiem sicut et anime christianorum. Et invenitur dixisse per testes quod Beata Maria intercedet in iudicio pro animabus omnium iudeorum, quia fuerunt de eius genere et salvabuntur omnes iudei ad preces predictas Beate Marie.

Item fuit interrogatus dictus Arnaldus quis docuit ei predicta et quibus postmodum ipse dixit; qui Arnaldus respondit ut in fine dictorum articulorum continetur.

Postmodum incontinenti, dictus dominus episcopus monuit dictum Arnaldum, semel, secundo et tertio, quod reverteretur ad fidem Catholicam et unitatem Romane Ecclesie et quod abiuraret omnem heresim; item quod revelet hereticos, si scit, et dicat quibus personis predictos errores per eum confessatos dixit; et dedit ei tempus octo dierum ad cogitandum super predictis.

Qua die, presentavit se dictus Arnaldus coram dicto domino episcopo, assistente sibi dicto fratre Gualhardo et in camera episcopali predicta. Et cum ibidem dominus episcopus, ex quibusdam que ad eum pervenerunt super isto negocio postquam eidem Arnaldo assignaverant (*sic*) diem presentem, vellet magis per quasdam alias personas informari, distulit et prorogavit effectum monitionis, dicta precedenti die facte eidem Arnaldo, per eundem dominum episcopum.

Postque anno Domini M° CCC° XX°, die tertia mensis Aprilis, dictus Arnaldus Bothelerii constitutus in iudicio in castro de Alamannis (1), coram dicto domino episcopo, assistente sibi dicto fratre Gualhardo de Pomeriis, lecto sibi *primo* articulo in quo erraverat dixit sub virtute prestiti iuramenti, revocando errorem in eo contentum, quod licet alias ita credidisset ut in dicto articulo continetur, modo tamen credit firmiter, ut dixit, quod anime hominum et mulierum decedencium vadunt ad Purgatorium, in quo suam penitentiam peragunt quam in hoc seculo non perfecerunt; qua ibidem completa, vadunt ad Paradisum celeste, ubi est Dominus Christus et Beata Virgo et Angeli et Sancti. — Super *secundo* articulo, revocando errorem in eo contentum in quo stetit et fuit dudum credendo errorem ipsum, dixit et confessus fuit se nunc credere quod animė defunctorum, peracta penitentia, vadunt ad gaudium Paradisi celestis; dicens quod nullus locus requiei animarum est in terra, sed in Paradiso celesti.

Item super *tercio* articulo, revocando errorem in eo contentum in quo stetit et fuit dudum ut in eo continetur, dixit nunc se credere quod anime bonorum hominum et mulierum defunctorum, peracta penitentia, si indigent ipsa, in Purgatorio, incontinenti intrant regnum celeste.

Item super *quarto* articulo, revocando errorem in eo contentum in quo stetit et fuit dudum, ut in eo continetur, dixit nunc se credere quod anime dictorum puerorum non baptizatorum nunquam salvabuntur, nec intrabunt regnum celorum.

Item super *quinto* articulo, revocando errores in eo contentos in quo (*sic*) stetit et fuit dudum, credendo ut in eo continetur, dixit nunc se credere quod anime hominum perversorum — quos perversos ipse intelligit, ut dixit, illos qui perpetraverunt magna maleficia et non sunt confessi, nec satisfecerunt, nec penituerunt — statim quando moriuntur in infernum ponuntur, in quo inferno stabunt et punientur pro peccatis suis, credens quod multi sunt positi in inferno postquam Dominus Christus expoliavit infernum. — Item super

(1) *Les Allemans*, où se trouvaient les prisons de l'Inquisition de Pamiers.

sexto articulo revocando *etc.* dixit se credere omnes illos qui fidem Christi tenuerunt et eius sacramenta susceperunt [21 B] et precepta Christi servaverunt, salvari in iudicio; sed illos qui licet fidem Christi susceperunt et sacramenta, tamen non vixerunt iuxta precepta Domini, credit condampnandos esse. — Item super *septimo* articulo, revocando *etc.*, dixit nunc se credere quod anime omnium hereticorum, paganorum et iudeorum qui noluerunt credere in Christum, in iudicio dampnabuntur et quod post nunquam Deus miserebitur animabus ipsorum; dicens quod licet aliquando dixerit quod anime hereticorum in alio seculo adnichilarentur, tamen nunc credit quod nunquam adnichilabuntur ut omnino non sint, sed punientur eternaliter in inferno; dicens etiam quod, licet dixerit quod pro animabus iudeorum Beata Virgo Maria intercederet in iudicio et quod ad preces eius salvarentur, nunc revocando, dixit quod nec Beata Virgo, nec alii sancti, intercedent pro animabus dictorum iudeorum et quod non salvabuntur in iudicio ad preces cuiusque, sed dampnabuntur. — Item super *octavo* articulo, revocando errores *etc.* dixit quod anime humane et dum sunt in corpore et quando sunt extra corpus, quia sunt spiritus, non sunt corporee, nec habent membra corporea sibi unita, nec etiam comedunt, vel bibunt, nec tales necessitates corporales patiuntur. Item super *nono* articulo, revocando errorem *etc.*, dixit nunc se credere quod infernus est et erit locus demonum et hominum impiorum, in quo utrique, secundum eorum demerita, eternaliter puniantur.

Postque anno Domini M° CCC° XX°, die XXV[a] mensis aprilis, constitutus in iudicio dictus Arnaldus Bothelerii in castro de Alamanis, coram dicto domino episcopo, assistente sibi venerabili viro domino Ioanne de Belna, inquisitore heretice pravitatis in regno Francie per Sedem Apostolicam deputato, iuravit ad sancta Dei Euvangelia dicere meram et plenam veritatem super quibusdam fidei catholice et negocium fidei catholice tangentibus, de se, ut principalis, et de aliis vivis et mortuis, sicut testis. Et requisitus per dictos dominum episcopum et inquisitorem quod diceret veritatem sicut iuraverat, dixit et sponte confessus fuit, se confessum fuisse et confessionem fecisse de facto heresis coram dicto domino episcopo; que confessio sibi lecta et exposita fuit intelligibiliter in vulgari et dictam confessionem suam sibi lectam et expositam de verbo ad verbum, dixit et recognovit esse veram et in nullo continere falsitatem. Et dictam suam confessionem tanquam veram et legittime factam, approbavit, ratificavit et ex certa scientia confirmavit et pro renunciato et concluso haberi voluit.

Abiuratio.

Et ibidem incontinenti prefatus Arnaldus, coram prefatis dominis episcopo et inquisitore in iudicio constitutus, abiuravit omnem heresim, credenciam, fautoriam, defensionem, receptionem, commendationem secte contrarie fidei ac convencioni heresis et hereticorum et illorum qui se dicunt *pauperes Christi de Lugduno*, quocumque nomine senseantur. Iuravit autem tenere et servare fidem Catholicam quam sacrosanta romana Ecclesia, Mater omnium et magistra, tenet, docet, predicat et observat, sub pena que relapsis in heresim et Valdesiam abiuratam debetur de iure. Iuravit etiam quod omnes hereticos Valdenses, Insabbatatos et (21 C) illos qui se dicunt Pauperes de Lugduno eorumque credentes, fautores et receptores, defensores, amicos, nuncios, fugitivosque pro heresi Valdesie et alios omnes hereticos, per se et per alios, persequetur, investigabit, capiet et ad dominum episcopum et inquisitores potestatem adducet et reddet seu reddi et adduci, secundum posse suum, per se et per alios, procurabit. Iuravit etiam stare et parere mandatis Ecclesie et domini episcopi et inquisitorum et successorum suorum et omnem penam, penitenciam, satisfactionem aut honus quas et quod prefati dominus episcopus et inquisitor aut ipsorum successores seu alter eorum eidem Arnaldo, in propria persona vel in bonis ipsius, tam in vita quam in morte, duxerunt imponenda, attendere et complere; et ex nunc ut ex tunc, et ex tunc ut ex nunc, seipsum et bona sua mobilia et se movencia et immobilia, ipsis dominis episcopo et inquisitori et eorum successoribus, aut eorum cuilibet, obligavit et esse voluit obligata, ac si ipsa pena, penitentia sive honus, ex nunc essent ipsi Arnaldo, in persona propria seu in bonis, per ipsos dominum episcopum et inquisitorem seu eorum alterum vel mandato eorum, imposita vel iniuncta.

Et fuit per dictos dominos episcopum et inquisitorem reconsiliatus.

Acta fuerunt hec, anno et die quibus supra, presentibus religiosis viris domino Germano de Castronovo archidiacono ecclesie Appiamensis, fratre Gualhardo de Pomeriis, fratre Arnaldo de

Caslario (1), de ordine Predicatorum conventus Appam., fratre Iohanne Stephani, eiusdem ordinis, socio dicti domini inquisitoris et fratre David, monacho Fontisfrigidi, testibus ad premissa vocatis, et magistris Guillermo Petri Barte, notario dicti domini episcopi et Bartholomeo Adalberti, authoritate regia publico et officii inquisitionis heretice pravitatis notario, [qui] predictis omnibus hodie actis presenti fuerunt et receperunt.

Postque die mercurii, ultima die mensis Aprilis predicti, et me (*sic*) Guillermus Petri Barta, notarius predictus, accessi personaliter ad castrum de Alammanis, et de mandato dictorum dominorum episcopi et inquisitoris, citavi dictum Arnaldum ut die crastina personaliter compareret coram eis in dicto loco de Alammanis, ante ecclesiam dicti loci, auditurus sentenciam super predictis que coram eis confessus fuerat. Qui Arnaldus dixit quod paratus erat dicta die comparere et sentenciam super predictis audire. — In presentia magistri Marchi Rivelli notarii terre Pariagii, Ramundi Vasconis de Alammanis et Garnoti servientis dicte terre Pariagii et magistri Guillemmi Petri Barta notarii predicti, qui omnia predicta de mandato dictorum dominorum episcopi et inquisitoris scripsit.

Tenor vero Commissionis dicti fratris Gualhardi de quo superius in dicto processu est facta mentio, talis est : Reverendo Patri in Christo...

Lata fuit sententia huiusmodi cause, die iovis prima die maii, et est scripta in Libro Sententiarum heretice pravitatis.

Et ego Rainaudus Iabbaudi, clericus de Tholosa, iuratus in negocio inquisitionis, de mandato domini episcopi supradicti, istam confessionem predictam cum originali fideliter correxi.

II.

Confessio Domni Arnaldi de Montenespulo presbiteri.

[F° 112 *bis*]

Anno Domini M° CCC° XIX° (2), die XI^a mensis Marcii, dominus Arnaldus de Montenespulo (3) presbiter beneficiatus in

(1) *Carla-le Comte.* (Ariège) cant. du Fossat, arr. de Pamiers.
(2) 1320 (n. style).
(3) *Monesple* (Ariège), cant. du Fossat, arr. de Pamiers.

ecclesia S. Antonini Appamiensis, citatus per reverendum in Christo patrem dominum Iacobum, Dei gracia Appam. episcopum, super heresi Arnaldi Egidii alias dicti Bothelher de Manso S. Antonini, de qua heresi dictus Arnaldus vehementer erat suspectus. Qui Arnaldus presbiter comparens coram eo in sede Appamiarum, assistente eidem domino episcopo fratre Galhardo de Pomeriis de ordine predicatorum, tenente locum domini inquisitoris Carcassone, constitutus in iudicio, iuravit ad Sancta quatuor Euvangelia quod super predictis et aliis fidem catholicam tangentibus, diceret meram et puram veritatem, tam de se ut [112 *bis* B] principalis, quam de aliis vivis et mortuis ut testis. Quo iuramento per ipsum prestito, dixit, deposuit et confessus fuit ut sequitur. — Dixit enim quod duo vel tres anni sunt elapsi, Arnaldus Bothelher alias vocatus Egidii, venit ad eum et secrete dixit ei quod ipse ibat cum mortuis de ecclesia ad ecclesiam et videbat eos et loquebatur cum eis. Qui mortui, ut dicebat sibi, non faciebant aliam penitenciam nisi quod ibant per ecclesias vicinas huic loco et in eis vigilabant; ita quod ipse semel fuit ductus per Hugonem de Duroforti qui apodiabat se super dictum Arnaldum, de loco vocato Rocafort (1) usque ad Mansum Veterem et ecclesiam S. Raimundi. Et, ut dixit, quando visitaverant alias ecclesias, visitabant ecclesias (*sic*) Sancti Antonini et in ea requiescebant frequenter; quia, ut dicebat sibi, spiritus defunctorum requiescunt nocte dominice diei et per totam diem dominicam usque ad diem lune mane; et postea per totam septimanam ibant per ecclesias maxime rurales.

Item dixit quod semel celebravit unam missam pro anima matris cuiusdam mulieris de Appamiis in altare S. Petri ecclesie Appam.; et postea dictus Arnaldus dixit ei quod ipse fecerat venire dictam mulierem ad ipsum ut celebraret missam pro anima matris sue.

Item dixit quod Asnhac de Appamiis venit propter illud idem ad ipsum qui loquitur, ut celebraret missam in dicto altari pro anima patris sui. Item dixit quod dictus Arnaldus dixit ei quod de mortuis, aliqui ibant cito, aliqui tarde, et quod debiles aliquando cadebant et alii transibant super eos. Item dixit quod quadam vice dedit sibi dictus Arnaldus quatuor denarios tholos. ut celebraret in ecclesia de Alamannis pro anima Hugonis de

(1) *Roquefort* (Ariège), cant. de Lavelanet, arr. de Foix.

Duroforti quos denarios, ut dixit, sibi dederat ei Brunissendis, uxor Arnaldi de Calmellis sororque dicti Hugonis quondam.

Item dixit quod quadam die, cum dictus Arnaldus poneret oleum in lampadibus S. Antonini, ipse dixit ei quod poneret de dicto oleo in lampade que arderet ante altare S. Petri quod est in dicta ecclesia et nichil plus tunc dixit.

Item dixit dictus Arnaldus de predictis se penitere et dixit se paratum facere et complere omnem penitenciam quam sibi pro predictis dictus dominus episcopus duxerit iniungendam, petens humiliter se absolvi a sententia excommunicationis quam incurrit pro predictis. Item iuravit ad sancta quatuor Euvangelia, quod de cetero revelabit hereticos et credentes eius si sciret et faciet eos capi pro posse suo et specialiter revelabit omnes et singulos quos sciret adhivisse pro predictis vel consimilibus dictum Arnaldum et eidem in eisdem participasse.

Et ibidem dictus dominus episcopus eundem Arnaldum a dicta sententia excommunicationis quam incurrit pro premissis absolvit, si tamen penitet eum de predictis ex corde et de se et de aliis super predictis plenarie dixerit veritatem; alias non fuit intentio dicti domini episcopi, ut dixit, quod ipsum Arnaldum absolveret a dicta excommunicationis sententia. Et ibidem dictus Arnaldus fuit protestatus quod si de pluri recordaretur super predictis, quod ea quando sibi occurrerent ad memoriam, possit sine sui periculo confiteri; quod fuit sibi concessum per dictum dominum episcopum.

Postque anno quo supra, die XIII[a] mensis marcii predicti, dictus Arnaldus in iudicio constitutus coram [112 *bis* C] dicto domino episcopo, plenius, ut dixit, recordatus, sub iuramento per eum superius prestito, dixit et confessus fuit quod annus est elapsus vel circa, dictus Arnaldus Bothelherii dixit ipsi loquenti sub nogerio (1) quod est ante portam domus episcopalis, quod anima dicti Hugonis non erat dampnata, sed eundo per ecclesias, compleverat penitentiam suam et iverat ad requiem.

Item dixit quod dictus Arnaldus dixit ipsi loquenti ibidem, quod nulla anima hominis christiani dampnaretur, quia in die iudici Beata Maria intercederet ad Dominum pro animabus omnium christianorum et ad eius preces omnes anime salvarentur et Deus parceret eis; et hoc idem faceret B. Maria pro animabus iudeorum

(1) Noyer.

quia erat (*sic*) ut dicebat, de genere B. Marie; et propter hoc Deus salvaret animas dictorum iudeorum.

Item dixit quod dictus Arnaldus asseruit sibi et ut videtur pro certo quod dicte anime defunctorum, eundo per ecclesias, faciendo penitencias, tenebant se per manus sustinendo altera alteram, affirmans quidem Arnaldus Bothelherii, quod anime habebant figuram et formam hominis viventis, quia ut dicebat, habebant manus, pedes, oculos et cetera omnia membra, sicut habent homines et mulieres in carne viventes. Item dixit idem Arnaldus Bothelherii quod ipse, de nocte, ibat cum bonis dominabus sive animabus defunctorum, per vias et loca deserta et intrabant interdum diversas domos maxime pulcras et mundas et de bonis vinis que inveniebant in eisdem bibebant. Item dixit quod, cum ipse loquens in eodem loco loqueretur dicto Arnaldo, conquerendo de Hugone de Duroforti predicto, qui dum vivebat dederat dampnum clericis ecclesie S. Antonini in redditibus ecclesie de Avesaco (1) et diceret idem loquens quod idem faciebat modo dominus Germanus de Castronovo, archidiaconus Appamiensis, propter quod anima eius iret ad diabolos, dictus Arnaldus Bothelherii dixit et respondit eidem loquenti, quod non iret ad diabolos anima dicti archidiaconi, sed stabant in alio seculo quatuor magni *maustini* (2) ligati cathenis, parati et deputati ad serviendum anime dicti archidiaconi post mortem suam et dum faceret penitentiam, dicens quod finaliter non dampnaretur.

Postque anno quo supra, die sabbati septima mensis marcii, dictus Arnaldus constitutus in iudicio in domo episcopali Appamiensi, coram dicto domino episcopo et religioso viro fratre Iohanne de Belna, ordinis predicatorum, inquisitore heretice pravitatis in regno Francie per sedem apostolicam deputato, iuravit ad sancta quatuor Dei Euvangelia, per ipsum corporaliter manu tacta, super omnibus fidem catholicam tangentibus et super facto heresis, de se, ut de principali, et de aliis vivis et mortuis, ut testis, meram et plenam dicere veritatem. Et tunc lectis sibi et recitatis confessionibus per ipsum factis coram prefato domino episcopo etiam in vulgari explicatis, dixit et respondit se velle stare et perse-

(1) *Bézac* (Ariège), cant. de Pamiers.

(2) Sortes de gros chiens. On dit encore en patois de l'Ariège: *moustis*, pour désigner certains chiens.

verare in eisdem et eas de novo fecit, ratificavit et aprobavit, dicens se velle vivere et mori in eisdem.

Actum fuit hoc, anno et die quibus supra, presentibus domino Germano de Castronovo, archidiacono ecclesie Appamiarum, magistris Menneto de Roberticuria, Bartholomeo [112 *bis* D] Adalberti, notario dicti domini inquisitoris Carcassone et magistro Guillermo Petri Barta, eiusdem domini episcopi notario, qui predicta omnia recepit et scripsit.

Postque ibidem supradicti domini episcopus et inquisitor assignaverunt diem dicto Arnaldo presbitero ad audiendam diffinitivam sententiam super predictis que confessus fuit, videlicet diem Dominicam proximo sequentem, que erit die VIII[a] mensis Marcii predicti, in cimiterio S. Iohannis martiris, de Appamiis. Quam diem dictus Arnaldus gratis acceptavit.

Qua die dominica, comparuit coram dictis dominis episcopis (*sic*) in cimiterio supradicto et tunc dicti domini episcopus et inquisitor ad sentenciam ferendam contra dictum Arnaldum presbiterum processerunt in modum qui sequitur:

Noverint universi etc. — Queratur dicta sententia in Libro Sentenciarum.

Et ego Rainaudus Iabbaudi, clericus de Tholosa, iuratus in negocio inquisicionis, de mandato dicti domini episcopi, predictas confessiones domini Arnaldi de Montenespulo presbiteri, eas de originali transcripsi fideliter et correxi.

III.

Confessio Guillerme uxoris Petri Bathegani condam de Appamiis.

[Ms. 4030 - 112 *bis* D - 112 *ter* C].

Anno Domini M° CCC° XIX° (1), die martis XIIII° kalendas Aprilis, Guillerma uxor Petri Bathegani quondam de Appamiis, citata per reverendum in Christo patrem dominum Iacobum Dei gratia Appamiarum episcopum, super heresi Arnaldi Egidii alias dicti Bothelhier de Manso S. Antonini, de qua vehementer sus-

(1) 1320 (n. style), 19 mars.

pecta habebatur; que Guillerma comparens coram eo in sede episcopali appamiensi assistente eidem domino episcopo fratre Galhardo de Pomeriis de ordine predicatorum conventus Appam., tenente locum domini inquisitoris Carcassone, constituta in iudicio, iuravit ad Sancta quatuor Dei Euvangelia de dicenda mere et pure veritatem, tam de se ut principalis, quam de aliis vivis et mortuis ut testis, super predictis et aliis fidem catholicam tangentibus, quo iuramento per eam prestito, dixit, deposuit et confessa fuit ut sequitur.

Dixit enim quod annus est elapsus et amplius, cum ipsa amisisset Fabrissam filiam suam, uxorem Raimundi Iacobi Arnaldi, die quadam de qua dixit se non recordari, venit ad ipsam in domo sua, Mengardis Sartoressa et dixit ei quod ipsa etiam amiserat filiam suam, sed quidam homo de Manso Sancti Antonini qui videbat mortuos et ibat cum ipsis, quem etiam mortui extrahebant de labore suo ut secum eum ducerent, viderat filiam ipsius Mengardis, qui etiam narraverat ei in quo statu erat filia eius, dicens ipsi qui loquitur, quod ipsa procuraret si vellet quod dictus homo veniret ad ipsam et narraret [112 *ter* A] ei de statu filie sue predicte. Et ipsa que loquitur rogavit dictam Mengardim quod sic faceret. — Et postea quadam die, dum ipsa que loquitur pararet cibum cuidam infirmo et filius eius Arnaldus Bathega excoriaret unum mutonem, dictus homo de Manso venit ad domum ipsius et dixit ei quod ipse volebat secum loqui secrete; cui ipsa respondit quod, dicto cibo parato, posset loqui cum ipsa. Quo facto, dictus homo dixit ei quod Fabrissa predicta filia eius iam defuncta, salutabat eam multum, et quod nocte preterita vigilaverat in ecclesia S. Iohannis Appamiarum, et nocte sequenti debebat vigilare in ecclesia S. Martini de Oleriis, et sequenti, in ecclesia S. Raimundi et alia nocte, in Manso Veteri et alia, in ecclesia S. Antonini; dicens quod defuncti non faciebant aliam penitentiam nisi quod ibant sic vigilando de ecclesia ad ecclesiam. Et cum ipsa diceret ei quod bene patiebantur tunc [cum] frigus vigeret, dictus homo respondit quod deffuncti querebant domum vel locum ubi erant multa ligna et ibi se calefaciebant ad ignem, faciendo ignem de predictis lignis. Dixit etiam ei quod predicta Fabrissa venerat ad ipsam que loquitur et invenerat eam in lecto. Et postea dixit ei dictus homo ex parte dicte filie sue, quod faceret celebrari unam missam pro ea et quod poneret mediam libram olei in aliqua lampade que arderet ante altare B. Marie. Et cum hiis dictis dictus homo vellet recedere, ipsa retinuit ipsum ad cenam et cenaverunt et filius suus et dictus homo de pane, vino et carnibus. Et post cenam dictus homo dixit ei quod dicta filia eius ibat cum quadam filia de *Na Nespla* defuncta et duabus aliis mulieribus et quod ibat bene et ilariter sicut et alie. Et cum ipsa que loquitur diceret: Et quomodo poterat dicta filia eius ita velociter ire sicut et alie, cum ipsa pregnans et grossa mortua fuisset? Et dictus homo respondit quod dicta filia eius erat pulcra et fortis et quod ita velociter ibat sicut et alie. Et tunc ipsa dixit ei —: « Ex quo videtis et vaditis cum mortuis, interrogate dictam filiam meam si est mortuus vel vivus et in quo statu est Iohannes Bathegani filius meus, qui diu est recessit a me et postea non vidi eum, nec scio ubi sit». Et dixit ei, quod libenter hoc faceret.

Et post quindenam, iterum dictus homo venit ad ipsam ad domum suam, et dixit ipsi que loquitur quod dicta filia eius salutabat eam et quod rogabat quod daret uni minorisse, tantum de pane, vino et pitancia, quantum posset expendere una die. Quo facto, nichil amplius peteret ab ea, quia in festo sequenti Omnium Sanctorum debebat intrare in requiem; quia, ut dixit, nulla anima intrabat paradisum hominis vel mulieris magni, usque ad diem iudicii; sed anime puerorum qui moriuntur infra septimum annum, incontinenti vadunt in gloriam Dei. —Dixit etiam ei ut videtur sibi, quod omnes anime hominum et mulierum, peracta penitentia quam faciunt eundo de ecclesia ad ecclesiam, ibant ad requiem. Et postea in die iudicii omnes salvabuntur, ita quod nulla anima hominis vel mulieris peribit vel dampnabitur; cui ipsa respondit : — « Sic placeat Deo quod nullus dampnetur ». — Interrogata si credebat predicta que dictus homo dicebat, dixit quod non. Interrogata si dedit dicto homini aliquid, dixit quod non, nisi illam cenam. Interrogata si predicta revelavit alicui vel aliquibus, dixit quod sic, [112 *ter* B] Emengardi, uxori Raimundi *de Bel Fog* condam, et Resplandie uxori Iohannis Cervini et matri predicte Resplandie et hoc in camera in qua stant.

Item dixit dicta Guillerma de predictis se penitere *etc.* (1).

Supradicte persone, videlicet, Mengardis uxor condam Arnaldi de Pomeriis, Raimunda filia Guillermi Fabri de S. Baudilio, Na-

(1) Voir ci-dessus dans la *confessio* précédente la même formule que nous ne répèterons pas.

varra uxor Poncii Bruni, Arnaldus [112 *ter* C] de Montenespulo presbiter et Guillerma uxor Guillermi Bategani de Appamiis, non abiuraverunt in processibus factis contra ipsos, sed tamen in sententia, quando fuerunt vocati in sermone publico, abiuraverunt omnem heresim et credenciam hereticorum prout in predicta sententia contra eas lata continetur.

Et ego Rainaudus Iabbaudi, clericus de Tholosa, iuratus in negocio inquisitionis, de mandato dicti domini episcopi, confessionem Guillerme predicte de originali transcripsi fideliter et correxi.

IV.

Confessio Mengardis uxoris quondam Arnaldi de Pomeriis de Appamiis super heresi.

[Ms. 4030 - 113 B - 114 C].

[113 B] Anno Domini Millesimo CCC° decimonono (1), die sexta mensis Marcii, Mengardis uxor quondam Arnaldi de Pomeriis habitatrix civitatis Appam., citata *etc.* (2).

Dixit enim quod quatuor anni vel circa sunt elapsi, ipsa erat in carreria Furni de Villanova (3) et erat ibi Jacoba uxor Guillermi Othonis de Appamiis, que Iacoba dixit ipsi loquenti quod quidam homo erat in Manso S. Antonini qui ibat cum mortuis et viderat, ut dicebat dicta Iacoba, animam Guillermi de Asnaco, qui morabatur vivens in carreria de Piconeriis (4) et dixerat dicto Arnaldo quod diceret Asnhaco filio suo, quod ipse paciebatur magnum tormentum, quia non restituerat duo instrumenta iam sibi soluta, et quod rogabat filium suum quod restitueret dicta duo instrumenta et quod faceret celebrari pro anima eius tres missas et dare tres panes pro elemosina. Que cum ex parte dicti Guillermi Asnhac defuncti, dictus Arnaldus dixisset predicto filio suo et facere nollet, iterum venit dictus Arnaldus ad dictum Asnhac

(1) 1320 (n. style).

(2) Voir la même formule, dans la *confessio* précédente.

(3) Rue du Four-de-Villeneuve (cf. Lahondès, *Ann. de Pamiers*, I, p. 198) située dans le quartier de Villeneuve.

(4) Rue de Piconnières (*op. cit.*, pp. 73, 198), dans le quartier de ce nom, et qui peut être identifiée avec la rue moderne du Collège (*op. cit.*, I, p. 354, note 2).

et dixit quod male sibi contingeret nisi predicta faceret; quod et fecit postea, ut dicta Iacoba dixit ipsi loquenti.

Item dixit ei quod dictus Arnaldus dixerat sibi quod viderat *En-Sancta-Fe* fabrum quondam de Appamiis, patrem ipsius Iacobe, qui portabat qualibet die sabbati unam candelam ad ecclesiam de Mercatali et vigilabat ibi. — Postque, cum Plasencia filia ipsius qui loquitur fuisset deffuncta, duo anni fuerunt elapsi in festo S. Vincentii preterito, ipsa testis, ut dixit, erat multum sollicita de sciendo in quo statu erat anima dicte sue filie. Et in septimana Pentecostes sequenti, Gausia uxor *den Asnhac* venit ad ipsam que loquitur in domo sua; et cum mutuo loquerentur de dicta Plasencia filia ipsius qui loquitur, dicente ipsa que loquitur quod multum affectabat scire statum dicte filie sue, et rogante dictam Gausiam quod faceret tantum quod posset scire de statu filie sue cum illo homine de Manso S. Antonini qui ibat cum mortuis, dicta Gausia respondit ei quod dictus homo non cognoscebat deffunctos nisi eos cognovisset viventes. Et postea dicta Gausia veniens ad ipsam que loquitur, dixit ei quod dictus homo viderat animam predicte filie sue, que, ut dixit, portabat camisiam perforatam; quod ipsa loquens audiens, valde doluit et fuit in proposito emendi novam camisiam, ut eam daret pro anima dicte filie sue. Et quadam die in dicta septimana Penthecostes, ipsa loquens cum sorore Raimunda cuius cognomen ignorat, ivit ad hospicium dicte Gausie [113 C] et dixit ei si postea viderat dictum hominem qui ibat cum mortuis; que respondit quod non, sed quod ipsamet iret et quereret in Manso S. Antonini dictum hominem, quem dixit vocatum Arnaldum Botelher. Et incontinenti ipsa loquens cum dicta sorore Raimunda venerunt ad dictum Mansum et quesiverunt dictum Arnaldum et non potuerunt eum invenire in domo sua. Et eadem die, de sero, reversi fuerunt ad eum et invenerunt in domo sua predicta. Qui Arnaldus dixit ipsi loquenti quare venerat, cum ipse vellet ire ad eam ex parte filie sue predicte quam viderat. Quem cum ipsa loquens interrogaret quomodo erat dicte filie sue, respondit quod optime et quod ibat ad visitandum ecclesias omnes circumvicinas et maxime rurales et inter alias nominavit sibi ecclesia S. Petri de Monte Agone (1), et B. Marie de Vallibus (2) et S. Simonis, Rivensis et Mirapiscen.

(1) *Montégut* (?) (Ariège), cant. de Varilhes, arr. de Pamiers.
(2) *Vals* (Ariège), cant. de Mirepoix, arr. de Pamiers.

diocesum et quod erat in societate sex mulierum de Appamiis, que simul ibant cum ea et ipse cum eis ad dictas ecclesias; inter quas sex nominavit filiam Petri Arnaldi Molonerii deffunctam. Nominavit etiam sibi alias, tamen de nominibus non recordatur; et subintulit: « Et non dicamus sex, sed plures sunt quam puncte erbarum et folia arborum; sed quelibet anima trahit se cum illis quos cognovit in vita sua ». Dixit etiam ei quod non oportebat quod aliquid faceret pro anima dicte filie sue, sed sufficiebat quod mediam libram olei poneret in lampade B. M. ecclesie S. Antonini, quod et ipsa fecit, ut dixit. Postea, ut dixit, frequenter fuit loquta cum dicto Arnaldo, tam in domo dicti Arnaldi in qua fuit ter vel quater, tam in domo propria, quia volebat scire statum dicte filie sue. Et, ut dixit, cum ipse frequenter diceret quod anima dicte filie eius erat intratura in brevi requiem, ipsa interrogavit eum quare sic frequenter nominabat locum requiei et non Paradisum. Et ipse Arnaldus respondit ei, quod anime hominum et mulierum non ingrediuntur Paradisum usque ad diem iudicii, corporibus resumptis; sed iterum sunt in loco requiei in quo replentur gratia Dei. Et cum ipsa interrogaret: quis locus erat ille requiei, ex quo non erat Paradisus celestis estne paradisus terrenus? Et ipse Arnaldus respondit quod ipsa divinaverat, et quod ille locus requei erat paradisus terrestris. — Item dixit quod ipsa interrogavit eum si ipse videbat animas puerorum qui decedunt ante anno discretionis, et si dicte anime ibant per ecclesias. Et ipse respondit, ut dixit, quod non usquequo habent ultra, quando moriuntur, XII annos, quia incontinenti post mortem, vadunt ad requiem predictam.— Item dixit quod ipsa interrogavit eum si anime deffunctorum paciuntur aliam penam nisi quod vadunt vigilando per ecclesias; cui dictus Arnaldus respondit quod non communiter, nisi quod aliqui transeunt per ignem Purgatorii. Item, ut dixit, ipsa testis interrogavit eum si heretici salvabuntur; cui dictus Arnaldus respondit quod anime hereticorum, ex eo [113 D] quod dum vivebant contempserunt Deum, omnino adnichilabuntur in alio seculo [a] Deo quem contempserunt... (1). Item, ipsa que loquitur, ut dixit, interrogavit eum si videbat iudeos mortuos; et ipse respondit quod sic et multi ex ipsis salvarentur in iudicio. Item ipsa que loquitur, ut dixit, interrogavit eum si aliqui homines condempnabuntur; et ipse Arnaldus respondit quod ante iudicium nulla

(1) Ms. ajoute: *adnichilare ipsas*, qui n'a pas de sens.

anima hominis vel mulieris dampnabitur; in iudicio enim, B. Maria et omnes Sancti orabunt Christum, et ad eorum preces, Christus omnes homines salvabit.

Interrogata si credebat predicta que dictus Arnaldus dicebat esse vera, respondit quod videbatur ei quod quedam erant vera, sicut de hoc quod dicebat videre animas, de aliis autem nec credebat, nec discredebat. — Item dixit quod postea in festo Omnium Sanctorum sequenti, dictus Arnaldus venit ad domum ipsius que loquitur et dixit ei, quod filia eius predicta in crastinum debebat intrare requiem et ita quod de cetero ipse non videret eam et quod faceret in crastinum celebrari [missam] pro anima dicte filie sue, quod et ipsa fecit, ut dixit, credens verbis dicti Arnaldi. — Item dixit ei quod anime Raimundi de Manso, Guillermi de Cordua (1) canonicorum ecclesie Appam., Germane uxoris quondam *Den Sabelha* et uxoris Iohannis Chausardi, erant in requiem; sed anima Hugonis de Duroforti adhuc ibat faciendo penitenciam, qui impediverat cappellanos in perceptione reddituum ecclesie de Avezaco. Item, ut dixit, ipsa interrogavit eum quot anni erant quod ipse ibat cum mortuis; et ipse respondit quod tres anni erant et quod Hugo de Duroforti predictus posuerat eum cum mortuis. Item dixit sibi quod ipse vidit animas duorum domicellorum qui magnam penam paciebantur et equitabant in equis, postea se verberabant et cadebant de equis eorum anime ad terram velut mortue, et postea iterum reascendebant equos. Et cum ipsa interrogaret eum unde habuerant dictos equos dicti domicelli, respondit quod tales equos habebant quales fuerunt illi qui ducti fuerant ad sepulturam eorum et unus de illis equis habebat pedes albos. Item dixit quod dictus Arnaldus dixit ei quod anime deffunctorum sunt pulcriores et formosiores quam sint corpora ipsarum dum vivebant; sed habent dicte anime consimilia membra illis que habebant dum viverent.

Interrogata si scit aliquas alias personas que super predictis loqute fuerunt et instructe per dictum Arnaldum, dixit quod sic: Iacoba Gausia et Raimunda supradicte, *Nanespla* Asnhac et Guillerma Bategana. Item dixit quod dictus Arnaldus dixit ei quod videbat aliquos angelos qui ibant cum dictis animabus et habebant faciem splendentem sicut sol; qui angeli, ut dixit, predicunt animabus quando debent ire ad requiem.

(1) *Cordes* (Tarn), ch. de Canton, arr. de Gaillac.

Interrogata si aliquid dedit dicto Arnaldo, dixit quod [non] [114 A] nisi comedere et bibere et hoc frequenter antequam dicta filia eius diceretur intrasse requiem; et semel portavit unam caseatam ad domum dicti Arnaldi quam comedit cum eo presente dicta Raimunda.

Et eadem die dicta Mengardis iterum comparuit coram dicto domino episcopo et dixit se penitere *etc.* (1).

Postque anno quo supra, die XIIII[a] mensis marcii, dicta Mengardis magis, ut dixit, recordata, dixit et confessa fuit in domo de Bolbona (2) de Appamiis, quod dictus Arnaldus dixit sibi, ut ei videtur in domo sua, quod homines et mulieres quando decedunt senes, ventus deffert eos et circumducit, sicut ventus solet circumducere erbam vocatam vulgariter *panicant* et alii mortui transeunt super eos quousque venit aliquis qui eos cognoscit. Item dixit quod idem Arnaldus dixit ei quod iudei qui decesserunt vadunt per vias sicut et christiani, non tamen cum christianis, et faciunt officium suum in aliquo monte vel planicie; et christiani deffuncti derident eos, vocando eos canes. Item dixit ei quod anima christianorum qui inter Sarracencs apostataverunt a fide, quando sunt mortui veniunt ad partes christianorum et faciunt penitenciam suam eundo per ecclesias, et postea, ut dixit, salvabuntur. Et dixit ei quod quidam vocatus *Imperator*, de Appamiis, qui fuerat apostata a fide, venerat ad partes istas circa Appamias, ad faciendum penitenciam. Item dixit ei quod magister Bernardus de Turre dederat sibi unum magnum *bursum* quia non fecerat nuncium in domo sua, sicut mandaverat ei. Item dixit ei quod Dulcia uxor quondam Guillermi Aynerii, voluit post mortem interficere filiam suam in despectum Iohannis Chausart et fecisset, ut dixit, si fuisset alius heres. Item dixit ei dictus Arnaldus, cum fuisset interrogatus ab ipsa de bonis dominabus que dicuntur ire in curris, si erat ita vel non; respondit [114 B] quod non; sed ille bone domine erant magne et divites que in presenti seculo iverant in curru, quas demones trahebant in turribus (*sic*) per montes et valles et per planicies. Item dixit ei quod quando anime aliquorum debebant intrare in requiem, anime

(1) Voir la formule dans les confessions précédentes.

(2) Maison appartenant à l'abbaye de Boulbonne, dans la rue de Villeneuve, à Pamiers; — une rue de Pamiers porte encore le nom de rue de Boulbonne. (Lahondès, *Annales de Pamiers* I, p. 54, 55).

aliorum que cum eis iverant per ecclesias, faciebant ita magnum planctum et dolebant sicut viventes plangunt et dolent quando amici eorum moriuntur. Item dixit ei dictus Arnaldus quod idcirco melius erat quod oleum poneretur in lampadibus pro mortuis quam candele in altaribus, quia melius videbant ire mortui cum dicto oleo quam cum candelis, quia candele cito extinguntur et non lumen olei.

Interrogata si fuit locuta cum aliquibus personis de dicto homine vel duxit eum ad aliquas personas, dixit quod sic, cum Bruna de Calmellis et cum Nespla et cum *Nacosas.* Interr. si predicta credebat que dicebantur per dictum Arnaldum, dixit quod nec credebat, nec discredebat. Item dixit quod ipsa que loquitur fuit rogata multum instanter per Mengardim uxorem Guillermi Carpini et Iohannam uxorem Petri Flequerii quod faceret tantum ut ipse possent loqui cum dicto Arnaldo..

Postque anno pro supra, XIII° Kal. aprilis (1), dicta Mengardis confessa fuit illa que sequuntur, amplius, ut dixit, recordata, sub virtute prius per eam prestiti iuramenti. Dixit enim quod dictus Arnaldus dixit ei quod illi qui movent brachia et manus ad latera sua quando vadunt, faciunt magnum malum; et cum interrogaretur ab ipsa quod malum faciunt, ipse respondit quod taliter brachia moventes multas animas deffunctorum prohiciunt ad terram. Item dixit ei quod filia ipsius que loquitur in brevi veniret ad eam et obscularetur *(sic)* eam in lecto suo et extunc melius dormiret; dicens ei quod quando mortui volebant quod aliquis melius dormiret, et quod non expergefieret, imponebant manum super faciem eius et tunc fortiter dormiebat. Item dixit ei quod ex parte filie eius predicte, quod conaretur comedere et bibere quantum posset et quod faceret quod viveret in hoc seculo quanto plus posset; quia, ut dixit dictus Arnaldus, ei non est vita ita bona nec quod tantum valeat sicut vita presens. Interrogata si predicta credebat, dixit quod non.

Postque anno quo supra, die sabbati VII[a] mensis marcii, dicta Mengardis constituta in iudicio in domo episcopali Appam., coram dicto domino episcopo et religioso viro fratre Iohanne de Belna etc. (2). — [114 C].

(1) Le 20 mars 1320 (n. style).
(2) Voir la formule ci-dessus.

Et ego Rainaudus Iabbaudi, clericus supradictus, confessiones cum originali fideliter correxi.

V.

Confessio Raimunde filie Guillermi Fabri de Sancto Baudilio (1) quondam de Appamiis.

[Ms. 4030. F. 114 C — 115 C]

Anno Domini millesimo CCC° XIX° (2), die decima mensis marcii, Raimunda filia Guillermi Fabri de S. Baudilio quondam de Appamiis, citata per reverendum in Christo patrem, dominum Iacobum Dei gracia Appamiensem episcopum, constituta in iudicio in camera episcopali Appamiensi, assistente sibi fratre Galhardo de Pomeriis, de ordine predicatorum, tenente locum domini inquisitoris Carcassone, iuravit ad sancta quatuor dei Euvangelia [114 D] quod diceret meram et puram veritatem, tam de se, ut principali, quam de aliis vivis et mortuis, sicut testis, super heresi Arnaldi Gelis alias dicti Botelher, de qua vehementer erat suspecta et super omnibus aliis fidem catholicam tangentibus.

Quo iuramento prestito, dixit et deposuit et confessa fuit, ut sequitur: Dixit enim quod in festo proxime preterito Pentecostes fuit annus, Mengardis Sartoressa venit ad domum ipsius que loquitur, valde mane in crastinum videlicet dicti festi; et dixit ei quod in Manso Sancti Antonini erat quidam homo qui ibat cum mortuis et videbat eos et rogavit eam quod iret cum ipsa ad dictum hominem qui erat in dicto Manso, ut dixit. Et ipsa que loquitur dixit ei Mengardi, quod *musarda* (3) erat ipsa, que talia credebat et etiam quicumque hoc crederet. Et tamen ad instanciam dicte Mengardis sequta fuit et associavit eam usque ad dictum Mansum et ad domum dicti Arnaldi Egidii, de quo dicta Mengardis dicebat quod ibat cum deffunctis. Quo ibi tunc non invento, expectaverunt eum ibi; qui venit post aliquod spacium ad domum predictam. Et dicta Mengardis interrogavit eum, dicens quod uxor den Asnhac dixerat ipsi Mengardi quod dictus Arnaldus viderat

(1) *S. Bauzeil* (Ariège) cant. de Varilhes, arr. de Pamiers.

(2) 1320, (n. style).

(3) *Musarda:* stupide, cf. Ducange, *Gloss.*

animam filie dicte Mengardis que decesserat et habebat camisiam fractam seu perforatam. Et dictus Arnaldus respondit ipsi Mengardi, audiente ipsa que loquitur, quod verum erat quod illum dixerat dicte uxori den Asnhac.

Et tunc dicta Mengardis dixit ipsi que loquitur quare ipsa non interrogabat eum de matre sua deffuncta; cui ipsa que loquitur respondit : — « Et quomodo ipse posset cognoscere matrem meam? ». Cui dictus Arnaldus respondit quod solum quod sciret nomen eius, ipse quereret eam inter deffunctos et sciret eius statum. Et tunc ipsa que loquitur dixit quod mater eius vocabatur Fabrissa, uxor Guillermi Fabri de Sancto Baudilio. Et ipse Arnaldus dixit quod in brevi ipse diceret ei in quo statu esset anima matris sue. Et in sequenti septimana post dictum festum, dictus Arnaldus venit ad domum ipsius que loquitur et dixit ei quod viderat animam matris eius et erat in bono statu et ibat ita fortiter ad ecclesiam sanctorum, sicut et alii deffuncti; et cum ea ibant Gentilis Caneria et Mabilia uxor Iacobi den Arnaudi de Appamiis. Et, ut dixit, iam iverant ad ecclesiam B. Marie de Ruppe Amatoris (1) et ad Sanctum Egidium (2) in Provincia et ad sanctum Petrum de Monte Fago (3) ; sed magis continue stabant in ecclesia S. Antonini et circa. Et dixit ei quod faceret celebrari unam missam in altare S. Antonini, in altare S. Petri per Arnaldum Nesples presbiterum. Dixit etiam ei quod poneret mediam libram olei in lampade dicti altaris; que et fecit postea, ut dixit. [115 A].

Circa festum S. Iohannis, dixit sibi in domo ipsius que loquitur, quod in crastinum Omnium Sanctorum anima dicte matris sue debebat intrare requiem. Et postea, post festum sequens Omnium Sanctorum, dixit idem Arnaldus sibi quod anime (*sic*) dicte matris sue iam intraverat requiem et quod de cetero non videret eam. Et ipsa que loquitur dixit ei : « Et nunquid non ingredietur Paradisum in brevi ? » Et dictus Arnaldus respondit quod non, usque ad diem iudicii. — Item dixit quod dictus Arnaldus dixit, ipsa audiente et sibi, quod anime iudeorum ibant inter animas christianorum ; sed ibant curves sicut porci et quod multi ex eis salvabantur. Item dixit quod audivit eum asserentem quod nulla anima hominis vel mulieris dampnabitur, nec aliqua anima intrabit unquam

(1) *Rocamadour*, (Lot) Cant. de Gramat, arr. de Gourdon.
(2) *Saint-Gilles*, (Gard), chef-lieu de Canton, arr. de Nîmes.
(3) *Montfa* (?) (Ariège) cant. du Mas-d'Azil, arr. de Pamiers.

infernum. Item dixit quod qualibet die homo debebat intrare ecclesiam et ibi confiteri omnia peccata sua Deo et etiam capellano.

Interrogata si aliquis erat presens quando predicta dixit sibi dictus Arnaldus, respondit quod dicta Mengardis interrogavit eum de predictis, ipsa loquente audiente, et illa respondebat, ut superius est dictum. — Interrogata per suum iuramentum si predicta que dictus dominus Arnaldus dixit et asseruit, adhibuit fidem seu credidit eandem (*sic*) vera esse, respondit quod non tunc et minus modo. — Interrogata si aliquid dedit pro predictis dicto Arnaldo, dixit quod quando dixit sibi quod anima matris sue debebat ire ad requiem, dedit sibi unum turonensem parvum et unam oblacionem et nichil plus; excepto quod ipsa et dicta commater sua fecerunt fieri unam caseatam (1) quam comederunt cum dicto Arnaldo in domo ipsius Arnaldi, in qua caseata ipsa que loquitur contribuit duos denarios tolos.

Item dixit quod, cum Nicholaus filius de *na Pascala,* qui poterat habere XV annos quando decessit, quando moriebatur fecisset magnum tumultum, ipsa que loquitur, interrogavit ipsum Arnaldum quid faciebat anima dicti pueri et si erat in requie. Et dictus Arnaldus respondit quod ibat per ecclesias cum quodam puero vocato Baquet qui erant quasi coetanei. Et ipsa que loquitur dixit predicta *a Napascala* matre dicti Nicholai et rogavit eam quod faceret tantum quod ipsa posset loqui cum dicto Arnaldo, quod tamen ipsa que loquitur noluit facere. Item dixit quod dicta Mengardis interrogavit dictum Arnaldum, ipsa audiente, in quo statu erat anima Barchinone uxoris quondam Poncii Fabri; qui respondit quod male sibi erat, quia in brachiis suis cremebatur (*sic*) igne, in locis in quibus portaverat cericum. Item interrogavit eum de anima Ave, uxoris quondam Iacobi de Molendino; qui respondit quod adhuc ibat cum dicta Barchinona et erat ei male propter cericum quod portaverat. Item interrogavit eam (*sic*) de uxore Iacobi Cicardi et uxore Arnaldi Ademarii; qui respondit quod adhuc ibant. Item [115 B] dicta Mengardis interrogavit eum si in aliquo dicti mortui vaxabant vel ledebant eum; qui Arnaldus respondit quod Hugo de Duroforti vaxabat multum eum quia apodiabat se super eum et ducebat per ecclesias, ita quod per duos dies fuerat cum eo tunc in ecclesia B. Marie de Vallibus, Mirapiscen. diocesis. Et dixit quod dictus

(1) Sorte de fromage.

canonicus non intraret requiem quousque satisfecisset de omnibus oris (*sic*) quas omiserat dicere dum vivebat et quod illas oportebat dicere ad Ecclesiam S. Antonini veniendo de dicta Ecclesia de Vallibus. Item dixit dictus Arnaldus sibi quod omnes anime mortuorum irent ad S. Iacobum de Gallicia, et quod Barchinona predicta posuerat quinque dies in eundo et redeundo ad S. Iacobum. — Item dixit quod dictus Arnaldus dicebat et asserebat, prout ipsa audivit ab eo, quod anime deffunctorum habent membra sua, manus et pedes et alia magis etiam speciosa quam haberent corpora eorum dum viverent, et quod dicte anime bibunt de bono vino et calefaciunt se ad bonum ignem.

Item dixit super predictis se penitere, *etc. comme ci-dessus, jusqu'à* dictum dominum episcopum.

Postque anno quo supra, die XIIII[a] dicti mensis Marcii, dicta Raimunda, sub virtute per eam prestiti iuramenti, dixit amplius recordata, quod dictus Arnaldus dixit ei quod ipse viderat magistrum Iohannem Martini quondam, qui portabat in manu unum sparverium vel falconem igneum. Item dixit ei dictus Arnaldus quod magister Bernardus de Turre quondam, dederat ei unum magnum bursum, quia non fecerat nuncium in domo sua quod ei mandaverat. Et quando predicta dixit ei, erat presens Mengardis Sartoressa. Item dixit quod mater Petri Flequerii rogavit eam instanter quod si loqueretur cum dicto Arnaldo, interrogaret eum de Gentili matre sua et Raimunda filia sua et Fabro Flequerii marito suo; quod tamen ipsa non fecit, ut dixit.

Postque anno quo supra, die sabbati VII[a] mensis Marcii, dicta Raimunda constituta in iudicio in domo episcopali Appamiarum, coram predicto domino episcopo et religioso viro fratre Iohanne [115 C] de Belna... (*etc. comme ci-dessus, jusqu'à la fin*).

VI.

Confessio Navarre uxoris Poncii Bruni quondam de Appamiis.

[Ms. 4030. — F° 115 D - 116 B]

Anno Domini millesimo CCC° XIX° (1), decima die mensis Marcii, Na Navarra uxor Poncii Bruni quondam de Appamiis,

(1) 1320 (n. style).

citata per reverendum in Christo patrem dominum Iacobum Dei gracia Appamiarum episcopum, super heresi Arnaldi Botheler alias dicti Egidii, de Manso Sancti Antonini, de qua vehementer suspecta habebatur; que comparens die predicta coram eo *etc*... iuravit *etc*...

Dixit enim quod annus potest esse elapsus vel circa, quadam die ipsa que loquitur et Cosas uxor quondam Arnaldi Pascalis, venerunt ad Ecclesiam S. Antonini, cum esset tunc tempus indulgencie; et cum reverterentur ad domos suas, obviaverunt Raimunde uxori Guillermi Fabri de S. Baudilio et Mengardi Sartoressa, que dixerunt ipsi que loquitur et dicte Cosa, quod veniebant de quadam (*sic*) homine qui morabatur in Manso S. Antonini, qui videbat animas deffunctorum et ibat cum eis, dicens dicta Raimunda quod dictus homo dixerat sibi quod mater sua erat sepulta in domo fratrum minorum; et ipse, ut dicebat, viderat animam eius, et portabat cordam fratrum minorum. Et cum ivissent simul usque ad leprosiam et vellent recedere dicte Mengardis et Raimunda versus domos suas, ipsa que loquitur dixit eis quod ipsa vellet bene videre dictum hominem. Que dixerunt quod poterat bene videre si vellet.

Postmodum, hoc anno ante festum beati Andree apostoli, vidit dictum hominem vocatum Arnaldum Botelher statem (*sic*) ad solem iuxta domum ipsius que loquitur et fecit eum vocari. Qui venit ad eam et statim ipsa interrogavit eum si ipse videbat mortuos et ibat cum eis; qui, licet primo diceret quod non, statim tamen absque intervallo, ipsa astante, dixit et confessus fuit quod mortuos videbat et ibat cum eis. Et tunc ipsa interrogavit eum si viderat dominum, volens dicere de dicto marito suo quondam. Qui interrogans eam primo, quis moratus fuerat in dicta domo, cum audivisset ab ea quod dictus maritus suus, dixit et asseruit quod viderat eum et ibat per ecclesias, faciendo penitenciam suam; et nocte tunc sequenti debebat vigilare in ecclesia B. Marie de Salvetate et in subsequenti, in ecclesia de Campo; mandans idem Arnaldus ipsi que loquitur ex parte dicti Poncii Bruni, quod teneret cameram in qua ipse iacebat dum vivebat, mundam; quia singulis diebus sabbati veniebat ad illam et quod daret pro eo tribus pauperibus ad comedendum et poneret mediam libram olei in lampade ecclesie Beate Marie de Mercatali. Et tunc ipsa dixit dicto Arnaldo, interrogando: — « Quomodo potest esse [116 B] quod maritus meus qui probus homo erat et quasi religiose vivebat, adhuc faciat penitenciam et non est in Paradiso?» Ad que respondit idem Arnaldus, quod nulla anima, quantumcumque iusta, intrabat paradisum nec intraret usque ad diem iudicii; se[d] eundo tantum per Ecclesias, faciebant anime penitentiam et facta penitencia ibant ad requiem. Et videtur sibi, ut dixit, non tamen plene recordatur, quod dictus Arnaldus dixit quod locus dicte requiei erat paradisus terrestris et quod ibi nullum malum senciebant, sed non videbant faciem Dei, nec videbunt usque ad iudicium; nec etiam aliqua anima iret ad infernum, ut videtur ipsi loquenti. — Item dixit sibi quod anima fratris Poncii Bruni quondam filii sui, qui fuerat frater minor, erat in requiem; item quod anime erant similes corporibus hominum et mulierum et sic habebant pedes et manus et cetera membra. Et cum ipsa, ut dixit, non credens verbis dicti Arnaldi, vellet eum de mendaciis convincere, interrogavit eum si diu videret dictum maritum suum; dixit quod sic in brevi. Et tunc ipsa dixit eidem Arnaldo: «Interrogate eum de quadam commanda quam fecit sibi Petrus de Serris (1) dum viveret; quod magne molestie fiunt mihi pro dicta commanda». Qui dixit quod faceret. Post aliquos dies, retulit ipsi que loquitur, quod dictum maritum suum viderat et interrogaverat super dicta commanda et responderat quod ipsa evaderet dictam molestiam sicut posset, faciendo iuramentum vel defferendo dicto Petro et non faceret plus eum interrogari super hoc. Item dixit ei quod dictus maritus suus et alii deffuncti multi et ipse Arnaldus cum eis, fuerant in quodam cellario de Appamiis et bibebant de meliori vino quod ibi erat. Item dixit quod dictus Arnaldus dixit et affirmavit sibi quod in brevi, celebratis missis, anima dicti mariti sui iret ad requiem. Item dixit quod idem Arnaldus dixit cuidam mulieri vocate *Na Seiras* quod viderat maritum suum deffunctum et dixerat sibi quod diceret ex parte sua dicte Seiras, quod staret bene et honeste et quod reciperet unum bonum maritum. Et ista audivit ipsa que loquitur a dicta Seiras et ab eodem Arnaldo hoc dicente; super quo ipsa, ut dixit, reputavit eum trufatorem et mendacem, quia nullus maritus vult quod uxor sua contrahat secundo, seu ducat alium maritum. Item dixit quod dictus Arnaldus dixit sibi quod magister Iohannes Martini fisicus, frater ipsius loquentis deffunctus, in brevi iret ad requiem.

(1) *Serres* (Ariège), cant. de Foix.

Interrogata si unquam credidit vel credit supradictis que dictus Arnaldus dicebat et asserebat, vel dixit illa, docmatizando, vel alio modo, alicui vel aliquibus personis, dixit per iuramentum suum, quod non.

Item dixit dicta Navarra super predictis se penitere, *etc. comme ci-dessus jusqu'à* per dictum dominum episcopum.

[116 B] Postque anno quo supra, die sabbati septima mensis Marcii, dicta Navarra constituta in iudicio in domo episcopali Appam., coram dicto domino episcopo et religioso viro fratre Iohanne de Belna (*etc.*).

www.ingramcontent.com/pod-product-compliance
Ingram Content Group UK Ltd.
Pitfield, Milton Keynes, MK11 3LW, UK
UKHW020347250726
13967UKWH00005B/2167